Bianca

Kim Lawrence
Una noche bajo las estrellas

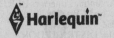

Harlequin

Editado por HARLEQUIN IBÉRICA, S.A.
Núñez de Balboa, 56
28001 Madrid

I.S.B.N.: 978-84-9010-217-6
Depósito legal: B-38133-2011
Editor responsable: Luis Pugni
Fotomecánica: M.T. Color & Diseño, S.L, Las Rozas (Madrid)
Impresión en Black print CPI (Barcelona)
Fecha impresion para Argentina: 16.7.12
Distribuidor exclusivo para España: LOGISTA
Distribuidor para México: CODIPLYRSA
Distribuidores para Argentina: interior, BERTRAN, S.A.C. Vélez
Sársfield, 1950. Cap. Fed./ Buenos Aires y Gran Buenos Aires,
VACCARO SÁNCHEZ y Cía, S.A.
Distribuidor para Chile: DISTRIBUIDORA ALFA, S.A.

Capítulo 1

EL MÉDICO se marchaba del castillo de Santoro cuando el sonido del motor de un helicóptero lo hizo detenerse en seco. Mientras se cubría los ojos con una mano para que no le cegara el sol, el aparato aterrizó y una alta figura descendió del mismo.

La figura resultaba perfectamente reconocible incluso en la distancia. Al ver al médico, echó a correr y llegó a su lado antes de que el helicóptero volviera a despegar.

–¿Cómo estás, Luis?

Había pocas personas en el mundo que parecieran necesitar menos un médico que Luis Felipe Santoro. A pesar del esfuerzo físico de la carrera, la mano que le extendió al médico estaba seca y fría. Además, el traje y la corbata que llevaba puestos presentaban un aspecto impoluto. Resultaba difícil imaginar que Luis Santoro había sido en su infancia un niño de salud muy delicada. Aquella frágil constitución, combinada con una personalidad aventurera, e incluso arriesgada, significaba que el médico lo había tenido que tratar de numerosos golpes y cardenales y en una ocasión de una extremidad rota.

Al médico le parecía probable que sus padres hubieran querido aplacar aquel amor por el riesgo antes de dejarlo al cuidado de la abuela y que esto hubiera provocado que Luis dijera que su abuela era «el único miembro de la familia al que podía tragar».

Para el doctor, resultaba irónico que el único miembro de la familia que ni quería ni necesitaba la fortuna que el resto de la familia tanto ansiaba fuera el que probablemente terminaría heredando el patrimonio de la anciana. Luis había ganado su primer millón antes de cumplir los veintiún años y era ya increíblemente rico por derecho propio.

–Me sorprende verte. Cuando llamé a tu despacho, me dijeron que estabas cruzando el Atlántico de camino a Nueva York.

–Así era –respondió Luis. No había dudado en cambiar sus planes de viaje ni un segundo–. ¿Cómo está mi abuela?

El médico trató de explicar del modo más positivo posible el estado de su paciente, pero la salud de doña Elena ya no era lo que había sido cuando era más joven.

Luis resumió la situación muy concisamente, tal y como era habitual en él.

–Entonces, me estás diciendo que, aunque ha mejorado ligeramente desde que te pusiste en contacto conmigo, es posible que mi abuela no mejore.

Luis siempre se había enorgullecido de ser una persona realista, pero aquélla era la primera vez que se permitía creer que su abuela no era indestructible. Reconocer que el declive de la anciana era inevitable no evitó que sintiera una profunda desazón.

–Siento que las noticias no sean mejores, Luis –suspiró el médico–. Por supuesto, si se me vuelve a necesitar...

Con expresión sombría, Luis inclinó la cabeza con un gesto de cortesía.

–Adiós, doctor.

Aún estaba observando cómo el médico se marchaba, pensando en el gran vacío que la muerte de su abuela le dejaría en su vida, cuando una voz alegre lo sacó de sus pensamientos.

–¡Luis!

Al escuchar su nombre, se dio la vuelta. Vio que quien lo llamaba era Ramón, el capataz de su abuela, que se dirigía corriendo hacia él.

Ramón había reemplazado al anterior capataz cinco años atrás y había realizado profundas y muy necesitadas reformas en la finca. A lo largo de los años, los dos hombres habían desarrollado una buena relación de trabajo y una excelente amistad. Cuando Luis descubrió la desesperada situación económica de su abuela, la experiencia y la energía de Ramón lo habían ayudado a salvar la finca de una inminente ruina económica.

Luis daba las gracias porque su abuela aún desconociera que él había inyectado una gran cantidad de dinero en la finca por lo cerca que ella había estado de perderlo todo.

–Visita sorpresa –comentó Ramón mientras se acercaba.

–Podríamos decir eso –respondió Luis. Se aflojó la corbata y se desabrochó el primer botón de la camisa.

–¿Tu abuela...?

Luis asintió. Ramón cerró los ojos un instante mientras le daba una palmada en la espalda.

–Sé que no es buen momento, pero me estaba preguntando si debería seguir adelante con los preparativos para la celebración del cumpleaños la semana que viene o...

–Sigue adelante. ¿Ha surgido algo más?

–Pues ahora que lo dices...

–Está bien. Dame una hora para ir a ver a mi abuela, cambiarme y darme una ducha y...

–En realidad, esto que ha surgido es algo que debe tratarse con inmediatez...

–¿A qué te refieres? –preguntó Luis, intrigado.

–Bueno, hay una mujer, una mujer muy guapa, que quiere verte.

–¡Una mujer!

–Y muy guapa.

–Cuando te pregunté si había surgido algo más, me refería más bien a algo relacionado con la finca –admitió Luis–. Y esta mujer, perdón, esta guapa mujer, y me molesta Ramón que pienses que ese detalle podría suponer una diferencia, ¿tiene nombre?

–Señorita Nell Frost. Inglesa, según creo.

Luis sacudió la cabeza y se encogió de hombros.

–No sé de quién se puede tratar.

–Es una pena. Yo esperaba que se tratara de tu regalo de cumpleaños para doña Elena y que fuera a ser la próxima señora de Santoro. Eso sí que le haría feliz a tu abuela –comentó Ramón con una carcajada. Cuando vio que su chiste no encontraba aprecio alguno en su interlocutor, carraspeó y cambió de tema–: Bueno, ¿qué vas a hacer?

–¿Que qué voy a hacer? –preguntó Luis. Él no veía problema alguno–. Simplemente dile que no es conveniente verla ahora y sugiérele que concierte una cita.

–No creo que eso sirva de nada. Eso ya lo he intentado yo y no he conseguido que se vaya.

–Pues que la saquen los guardias de seguridad. O, mejor aún, que se encargue Sabina de echarla.

—Sabina ya lo ha intentado. Fue ella la que sugirió que tal vez quisieras hablar con esa mujer.

Luis frunció el ceño. Sabina era, oficialmente, el ama de llaves del castillo, pero, en realidad, era mucho más. En la casa, sus sugerencias tenían casi tanto peso como las órdenes de doña Elena.

Él suspiró con resignación.

—¿Dónde está?

—Lleva más o menos una hora sentada en el jardín. Y hace calor.

Luis lo miró asombrado. Efectivamente, la temperatura era de más de treinta grados a la sombra.

—¿Y por qué está sentada en el jardín?

—Creo que está protestando.

—¿Protestando? —repitió Luis, perplejo—. ¿Sobre qué?

Ramón se esforzó por contener una sonrisa.

—Bueno, creo que se trata de algo que tiene que ver contigo. ¿Te he dicho ya que es muy guapa? —añadió.

Capítulo 2

NELL levantó la mano para protegerse los ojos de los rayos del sol que calentaban su desprotegida cabeza. Se le estaba formando un dolor de cabeza muy parecido a los estadios preliminares de una migraña.

Se secó el sudor que le caía por la frente. Sentía la piel sucia y acalorada.

¿Cuánto tiempo llevaba sentada allí? Parecía que hubiera transcurrido una eternidad desde que llegó al castillo. Se sacó el arrugado papel en el que había impreso el correo electrónico. Ya no sabía ni el tiempo que llevaba allí. De hecho, cada vez le estaba resultando más difícil centrarse en sus pensamientos.

No sabía quién se había sorprendido más cuando se sentó en el suelo y lanzó su ultimátum, si el hombre de la cálida sonrisa o ella misma. El hombre se había mostrado tan amable que Nell se había sentido un poco culpable, aunque también había experimentado una extraña sensación de liberación. Después de pasarse la mayor parte de su vida adulta cediendo ante otras personas, había llegado su turno de mostrarse obstinada e insistente.

–En realidad, se me da bastante bien –descubrió con una sonrisa.

Luis, que se estaba acercando a la solitaria figura

sentada en medio de cuidado jardín, se detuvo cuando ella habló.

La voz era profunda, con una inesperada nota de sensualidad que hubiera encajado mejor con una mujer más mayor de lo que ella aparentaba ser. Ramón le había dicho que se trataba de una mujer, pero a Luis le pareció que era más bien una muchacha.

Una muchacha con un cabello que relucía como el oro bajo el sol y que llevaba un vestido de verano que dejaba al descubierto unas esbeltas y torneadas pantorrillas. Tal vez todo su cuerpo era igual de esbelto, pero el amplio vestido lo ocultaba a sus ojos. Mientras Luis la observaba, una ráfaga repentina de viento le levantó la falda y sugirió que dicha esbeltez llegaba al menos hasta los muslos.

Si no hubiera tenido cosas más importantes en mente... Si ella no hubiera sido tan joven, Luis admitía que podría haber estado interesado. Además, estaba hablando sola.

Sin embargo, como no era el caso, podría observarla con total objetividad.

—De ahora en adelante, todo el mundo va a ceder ante mí. Soy una mujer fuerte y poderosa. Dios, y eso que ni siquiera estoy aún en la flor de la vida. ¿Dónde se ha ido ese hombre de la sonrisa tan agradable? ¿A pedir refuerzos o a buscar a la alimaña de Luis Felipe Santoro?

—Ha ido a buscar a Luis Felipe Santoro —dijo él. Estaba acostumbrado a que, al menos a la cara, se le describiera en términos más halagüeños.

Nell, que no se había dado cuenta de que estaba hablando en voz alta, se fijó en los brillantes zapatos negros que tenía a escasos metros de distancia.

—¿Quién es usted? —añadió él.

Nell levantó la vista para mirarlo.

—Yo soy la que hace las preguntas —le espetó en tono beligerante—. ¿Quién es usted?

—Soy Luis Santoro.

Un suspiro de alivio se escapó de los secos labios de Nell. Se levantó temblorosamente. El hombre que se había materializado era alto, moreno y guapo, aunque este genérico adjetivo no parecía apropiado para él considerando la especial individualidad de sus rasgos.

Nell lo miró. Él tenía una firme mandíbula, bien afeitada, frente alta, piel dorada, fuertes pómulos y una amplia boca sensualmente esculpida. Cuando los ojos de ella chocaron con la mirada firme e impaciente de él, Nell experimentó un escalofrío que la recorrió como una descarga eléctrica de la cabeza a los dedos de los pies.

Parpadeó para romper aquella conexión. Los ojos de aquel hombre eran realmente extraordinarios. Eran oscuros, casi negros, de mirada profunda y enmarcados por unas definidas cejas negras y el único rasgo de su rostro que no era marcadamente masculino: unas largas pestañas negras que cualquier mujer habría envidiado.

—Usted no puede ser Luis Felipe Santoro —le espetó ella.

Para empezar, aquel hombre no parecía estar en la adolescencia ni ser un estudiante. ¿Le había dicho Lucy que así era o lo habría dado ella por sentado?

Mientras observaba al hombre con el que su sobrina tenía intención de casarse, le costaba pensar. Su rostro era casi tan perfecto como el de una antigua estatua griega. En cuanto al resto...

Nell tragó saliva. Se sentía incómoda con la visceral reacción que había experimentado en cuanto al resto de aquel hombre. Parecía tener el cuerpo de un nadador olímpico. Además, emanaba de él un agradable aroma, cálido y masculino.

—¿Que no puedo ser? ¿Y por qué no? —preguntó él con curiosidad.

—Tiene usted que tener... ¿qué? —replicó ella mirándolo de arriba abajo. Todo en él parecía ser firmes músculos, lo que le provocó una extraña sensación en el estómago ante tan descarada masculinidad—. ¿Treinta años?

—Treinta y dos.

—Treinta y dos —repitió ella.

Luis se preguntó por qué aquella mujer parecía estar tan asqueada por su respuesta.

—¡Es repugnante!

Nell dio un paso al frente. La satisfacción con uno mismo no era, en su experiencia, un rasgo atractivo y los hombres tan guapos como aquél debían de estarlo. Y mucho.

Por supuesto, su experiencia era limitada.

—¿Sabe lo que pienso de los hombres que se aprovechan de jovencitas impresionables?

—Estoy seguro de que me lo va a decir ahora mismo —replicó él lacónicamente.

Aquella actitud de descaro incendió a Nell aún más.

—¿Cree usted que esto es una broma? Estamos hablando del futuro de una jovencita. Lucy es demasiado joven para casarse.

—¿Quién es Lucy?

La rubia frunció los labios y siguió mirándolo como si él fuera una especie de monstruo depravado. La novedad de verse insultado verbalmente estaba empezando a cansarlo, pero el placer de ver la agitación con la que subía y bajaba su pecho la compensaba ampliamente.

Aquella sensación de deseo resultaba irracional, pero el anhelo sexual era así, imprevisible. Afortunadamente, él no tenía ningún problema en mantener sus instintos carnales a raya.

–No se haga el inocente conmigo. ¿De verdad tiene intención de casarse con ella o ha sido tan sólo una frase hecha para metérsela en la cama?

–No tengo intención alguna de casarme con nadie. Además, jamás he tenido que prometer matrimonio a ninguna mujer para llevármela a la cama.

–Entonces –replicó ella, furiosa. El rubor de la ira le había cubierto el rostro, dándole color a su blanca piel–, ¿por qué cree Lucy que se va a casar con usted?

–No tengo ni idea.

–Tal vez esto le refresque la memoria –dijo ella. Extendió la mano con la que sujetaba el papel en el que estaba impreso el correo electrónico.

Cuando él no mostró intención alguna de tomarlo, Nell bajó la mano y se dispuso a leerlo.

–«Querida tía Nell...».

–¿Y usted es la tía Nell? –le interrumpió él. Aquella mujer no se parecía en nada a ninguna tía que él hubiera conocido.

–Sí. «Querida tía Nell: llegué aquí la semana pasada. Valencia es una hermosa ciudad, pero hace mucho calor. He conocido a un hombre maravilloso, Luis Felipe Santoro. Está trabajando en un hotel increíble que hay aquí y que se llama Hotel San Sebastián. Estamos muy enamorados. Es mi media naranja» –leyó Nell mientras lanzaba dardos con la mirada al español, que ni siquiera tenía la decencia de parecer avergonzado–. «Casi no me lo puedo creer yo misma, pero hemos decidido casarnos en cuanto nos sea posible». Supongo que sabe usted que se está tomando un año sabático y que lleva seis meses viajando por Europa. Tiene un futuro muy brillante, una beca para la universidad...» –añadió, tras levantar la mirada.

–No. No lo sabía –respondió él, cortésmente.

Un gruñido de impotencia se escapó de la garganta de Nell. Apretó los ojos y terminó el contenido del correo sin necesidad de leerlo.

–«Lo querrás tanto como yo, o casi tanto, ¡ja, ja! Sé que tú sabrás el mejor modo de darles la noticia a mis padres. Con mucho cariño, Lucy» –concluyó. Abrió los ojos y levantó la barbilla. Deseó que la diferencia de altura entre los dos no fuera tan grande–. Bueno, ¿qué tiene que decir ahora? ¿Va a seguir negándolo? ¿O acaso me va a sugerir que Lucy se lo ha inventado todo?

–Estoy impresionado.

–¿Impresionado por qué?

–Tenía usted el nombre de un hotel y mi nombre, pero ha conseguido encontrarme. Es impresionante.

Nell lanzó un grito de triunfo.

–Entonces, admite que es usted. En realidad, no ha sido fácil encontrarlo.

Aquello era decir poco. Cuando llegó al aeropuerto, descubrió que su equipaje había terminado en otro lugar. Los empleados del elegante hotel se habían mostrado poco cooperadores, por no decir groseros, cuando ella había mencionado el nombre de Luis Felipe Santoro. Evidentemente, tenían la intención de llevarse la dirección de su casa a la tumba. Si no hubiera sido por un amable portero que le había dicho que podría encontrar al hombre que estaba buscando en el castillo de Santoro, su búsqueda podría haber terminado allí mismo.

Además, el único coche de alquiler que había encontrado no tenía aire acondicionado y, por si esto fuera poco, se había perdido tres veces de camino al castillo. La distancia en el mapa era engañosa. Aunque estaba bastante cerca del Mediterráneo, la histórica finca estaba en una zona de difícil acceso. Había sido un día infernal. Tan sólo la determinación de evitar que Lucy cometiera un terrible error la había empujado a seguir.

¿Y si después de todo aquello Lucy ya se había casado con su español?

—Dígame —suplicó agarrándole de la manga—, ¿está usted casado?

—Lo estuve, pero ya no —respondió él, tras un instante de silencio.

Dios Santo... Lucy no sólo se había liado con un hombre de más edad, sino que se había liado con un hombre de más edad que ya tenía un matrimonio fallido a sus espaldas. Además, su manera de responder sugería que la ruptura no había sido amistosa.

—Es usted una mujer de recursos.

—Soy una mujer que se está quedando sin paciencia muy rápidamente. Quiero ver a Lucy y quiero verla ahora mismo. No sé de qué trabaja usted aquí, pero me imagino que sus jefes no se sentirán demasiado impresionados si les digo lo que ha estado usted haciendo.

—¿Me está amenazando?

—¡Sí! —exclamó ella, a pesar de que resultaba difícil imaginarse a un hombre menos amenazado que el amante de Lucy.

¡El amante de Lucy! Aquella frase sonaba tan mal

por tantos motivos. Además, no le parecía justo que su sobrina adolescente tuviera oficialmente más experiencia en el terreno sexual que ella.

—Yo no trabajo aquí.

Nell le soltó el brazo y lo miró con confusión.

—¿Acaso se aloja usted aquí?

—Ni me alojo aquí ni esto es un hotel. Ésta es la casa de mi abuela, doña Elena Santoro.

Nell palideció. Se dio la vuelta y observó el imponente castillo de Santoro, un castillo de verdad, fortificado con torreones y todo.

—¿Que usted vive aquí? –preguntó ella. Eso explicaba la actitud de superioridad y el desdén con el que aquel hombre se había dirigido a ella–. Bueno, eso no cambia nada.

—Yo no soy el hombre que está usted buscando. No conozco a su sobrina.

—¡No le creo! –exclamó ella.

—Sin embargo, sí conozco al hombre que está usted buscando. Entre y se lo explicaré.

—No pienso entrar en ninguna parte. ¡No me pienso mover de aquí! –exclamó Nell mientras se cruzaba de brazos.

—Como quiera, pero no me gustaría estar mañana en su piel –dijo mirando al cielo azul y luego al rostro de la joven–. Tiene usted la piel muy blanca, de la que se quema –añadió, con una expresión distraída mientras observaba la pálida curva de la garganta de Nell.

—Y pecas –murmuró ella.

Aquel comentario pareció despertarlo de su ensoñación. Nell pensó que, posiblemente, él estaba sufriendo también el calor al notar el rubor que atrajo su mirada a los afilados contornos de los maravilloso pómulos de Luis Felipe Santoro.

Capítulo 3

EL DOLOR sordo que le martilleaba en las sienes se intensificó mientras observaba como él volvía a entrar en palacio sin detenerse ni una sola vez para mirar atrás. Estaba tan seguro de que ella lo seguiría del modo en el que, sin duda, las mujeres llevaban siguiéndolo toda su vida que ni siquiera se molestó en comprobarlo.

A Nell le habría encantado poder darse el lujo de no hacer lo que él esperaba, pero con ese gesto no habría conseguido nada. Si Luis Santoro decía la verdad y sabía con quién estaba Lucy, a ella no le quedaba más remedio que seguirlo. Además, él tenía razón sobre lo del calor. La crema protectora que se había puesto aquella mañana habría perdido su efecto hacía ya mucho tiempo.

El frescor reinante en el interior del castillo era una delicia después del opresivo calor del sol valenciano. Nell apretó el paso para alcanzar a Luis.

—¿Quién es el hombre? —le preguntó mientras se colocaba delante de él para interceptarle el paso.

Luis se detuvo, pero lo hizo muy cerca de ella, tal vez demasiado. Nell recibió una especie de descarga eléctrica, producto del aura sexual que él proyectaba, que le atravesó el cuerpo. Fue la sensación más extraña y turbadora que ella había experimentado jamás. Se colocó una mano sobre el pecho esperando que el hecho de que se hubiera quedado sin respiración se debiera a su falta de forma física.

—Mi primo —respondió él mirándola con sus ojos oscuros.

Nell abrió la boca para pedir más información pero él colocó una mano sobre la pared, por encima de su cabeza. Ella cerró los ojos y sintió que el pánico se apoderaba de ella. Contuvo el aliento y lo soltó un instante después, cuando se encontró empujada a través de una puerta que había a sus espaldas y que conducía a una grande y espaciosa sala.

—Siéntate. Pediré algo para tomar.

—¿Tu primo? —preguntó ella. No tomó asiento a pesar de que las rodillas le temblaban.

—Todo encaja. Tenía un trabajo para vacaciones en el hotel que tú has mencionado. De hecho, yo mismo le conseguí ese trabajo.

Nell seguía sin sentirse convencida.

—¿Y qué me dices del nombre?

—A los dos nos bautizaron con el nombre de Luis Felipe. No es la primera vez que surge la confusión, pero sí es la más... divertida.

—Los dos os llamáis Luis Felipe.

—Lo sé. Indica una dramática falta de imaginación. A los dos nos pusieron el nombre de nuestro abuelo, pero en la familia a él solemos llamarlo Felipe.

—¿Y cuántos años tiene ese primo tuyo?

—No estoy seguro. ¿Dieciocho, diecinueve?

Nell lo miró fijamente.

—¿Y me lo preguntas a mí? ¿Cuántos primos tienes?

Luis se apoyó sobre la chimenea con un gesto distraído. Entonces, movió un pesado candelabro con un dedo.

–Siento estar aburriéndote.

Aquella ácida observación hizo que Luis se fijara de nuevo en la esbelta figura que estaba allí, mirándolo con las manos en las caderas.

–Lo siento –comentó, con una sonrisa–. Sólo ése.

–¿Y no sabes cuántos años tiene?

–No se puede decir que estemos muy unidos.

–Pero es tu primo. Tu familia.

–Todas las familias son diferentes. Creo que mi actitud para con la familia identifica a más personas que la tuya.

–¿Acaso no te preocupa que tu primo arruine su vida?

–Una persona aprende de los errores. Tal vez tu sobrina necesita aprender de los suyos. Además, ¿quién soy yo para interponerse en el camino del amor verdadero?

Nell entornó la mirada y no se preocupó de ocultar el profundo desprecio con el que observó a Luis.

–Ya. La verdad es que a ti te importa un comino todo el mundo. Eres un ser completamente egoísta y no tienes intención de levantar un dedo para evitar que tu primo cometa el mayor error de su vida porque sólo te preocupas por ti mismo.

Luis estaba escuchando como ella lo acusaba de no poseer sentimiento familiar alguno cuando recordó la broma de Ramón. ¡La futura señora Santoro! Sonrió tristemente y reconoció que Ramón tenía razón. Una futura esposa para él sería el regalo de cumpleaños que más le gustaría a su abuela. Sabía que la idea que se le estaba formando en la cabeza era una locura, pero... de repente se encontró preguntándose: «¿Por qué no?».

Él nunca podría darle a su abuela la esposa y el heredero que ella anhelaba por lo que aquélla era una alternativa en la que nadie salía perjudicado. Podría funcionar.

Además, ¿por qué tenía que esperar al cumpleaños de su abuela?

Siempre había dos maneras de considerar una situación. A algunas personas su idea le parecería un momento de inspiración, mientras que a otras les parecería un momento de locura. A Luis no le importaba lo que pudiera parecer. Sólo le importaba el resultado.

–Tengo una proposición para ti. Sé dónde están.

Nell lo miró con los ojos de par en par.

–¿Lucy y tu primo?

–Sí.

–¿Dónde?

Luis apartó la imagen de la casita junto al mar, donde Rosa y él habían vivido. Si cumplía su parte del trato, tendría que ir allí por primera vez en muchos años. Por primera vez desde la muerte de Rosa.

–Antes de que te lo diga, tienes que hacer algo por mí.

Luis vio cómo la alarma se reflejaba en los ojos de Nell. Esbozó una cínica sonrisa.

–Tranquila, no me refiero a esa clase de cosas. Tú no eres mi tipo.

–Pues mira qué pena tengo –le espetó ella con gesto irónico–. Bueno, ¿qué sería lo que yo tendría que hacer?

–Quiero que vengas conmigo para que conozcas a mi abuela.

Nell se quedó atónita.

–¿Y eso es todo? –preguntó. Estaba segura de que había algo más.

–Tienes que seguirme en todo lo que yo diga.

–No entiendo por qué.

–No necesito que lo entiendas. Como te he dicho, simplemente necesito que me des la razón en todo lo que yo diga, sea lo que sea.

–¿Pero por qué?

–¿Quieres encontrar a tu sobrina y a mi primo?

Nell lo miró fijamente.

–Está bien –dijo. ¿Qué otra cosa podía hacer?–. ¿Y después me dirás dónde están?

–Querida, te llevaré yo personalmente. ¿Trato hecho?

Nell miró fijamente la mano que él le ofrecía durante un largo instante antes de extender la suya. Mientras los fríos dedos de Luis apretaban los de ella, trató de ignorar las voces de alarma que le decían que estaba cometiendo un grave error.

Le resultó más difícil aún ignorar el hormigueo que sentía por la piel y que no tenía nada que ver con los rayos del sol y sí mucho con aquel breve contacto físico.

Capítulo 4

EL CASTILLO era un laberinto. Nell siguió a Luis por lo que le parecieron kilómetros de pasillos de piedra antes de que se detuvieran por fin.

–Éstas son las habitaciones de mi abuela –dijo él mientras extendía la mano hacia la puerta–. Espera aquí. Volveré inmediatamente.

A Nell no le quedó más opción que obedecer y esperar a que él regresara. Mientras observaba un tapiz que cubría la pared de enfrente, no dejaba de pensar que aquello era una locura. Después de todo, ella no conocía a Luis Santoro y, por lo tanto, no podía estar segura de que él fuera a cumplir su palabra. Sin embargo, antes de que pudiera cambiar de opinión, él regresó. Sin decir ni una sola palabra, le tomó la mano izquierda y le colocó un anillo en el dedo.

–¿Qué estás haciendo? ¿Qué... qué es eso? –tartamudeó ella mirando el anillo. Era muy pesado y presentaba un diamante de color rosado rodeado por lo que parecía que eran rubíes.

La joya parecía ser una antigüedad. Nell no era ninguna experta, pero no creía que aquélla fuera una pieza de bisutería.

–Un anillo –respondió él levantando la ceja.

–Eso ya lo veo. ¿Qué es lo que está haciendo en mi dedo?

—Es atrezzo.

—¿Atrezzo para qué?

—No es relevante.

Nell sacudió la cabeza.

—No pienso moverme de aquí hasta que me expliques lo que está pasando.

Luis la miró durante un instante y luego sacudió filosóficamente la cabeza.

—Mi abuela...

—¿La dueña de este castillo?

—Sí, la dueña del castillo y de la finca sobre la que éste se asienta, está enferma. Tal vez incluso...

Luis se detuvo. Le resultaba imposible pronunciar con palabras aquella posibilidad, como si el hecho de decirlo hiciera que fuera más posible que ocurriera. Observó a la joven que lo estaba mirando a él con la sospecha y la cautela reflejados en sus ojos claros sin poder continuar la frase.

—¿Incluso qué? –lo animó Nell.

—Tal vez incluso se esté muriendo.

Nell lo miró con tristeza.

—Lo siento.

—Bueno, es ley de vida y mi abuela tiene ochenta y cinco años.

Nell sintió que se le ponía la piel de gallina al escuchar aquel pronunciamiento tan lógico, realizado además con una voz tan carente de sentimientos.

—Siento que tu abuela esté enferma, pero eso sigue sin explicar lo del anillo... ni nada de esto –comentó indicando todo lo que les rodeaba con un gesto de la mano.

—Es deseo de mi abuela que yo me case y le proporcione un heredero.

Nell lo observó con los ojos abiertos de par en par,

como si pensara que estaba tratando con alguien completamente demente y posiblemente peligroso. Comenzó a negar con la cabeza y dio un paso atrás.

–Quiero mucho a Lucy, pero si piensas que yo voy a... Hay ciertos sacrificios que no estoy dispuesta a hacer. Deja que el que herede todo esto sea el otro Luis Felipe. Él sí que está dispuesto a casarse –dijo. ¿Y también a proporcionar herederos?–. Ay, Señor. Necesito encontrar a Lucy.

Durante un segundo, él pareció completamente perplejo por lo que ella había respondido.

–¿Sacrificio? ¿Tú crees...? –le preguntó. Entonces, echó la cabeza hacia atrás y comenzó a reírse–. No te estoy pidiendo que te cases conmigo. Además, Felipe no sería un administrador adecuado para la finca.

Nell frunció los labios. Le irritaba profundamente que a él pareciera divertirle tanto la idea.

–Entonces, no quieres una esposa.

El rostro de Luis se puso más serio. De hecho, comenzó a reflejar un descarnado y sorprendente dolor.

–Tuve una esposa. No necesito a nadie que ocupe su lugar en mi vida o en mi corazón.

¿Significaba aquello que su esposa lo había dejado? La imagen de Luis Santoro con el corazón roto por sentirse rechazado resultaba casi imposible de visualizar. En realidad, Nell se sentía mucho más cómoda creyendo que él no tenía corazón, por lo que decidió cambiar de tema.

–Entonces, ¿crees que tú sí serías un administrador adecuado? ¿Significa eso que te imaginas como rey de este castillo? Es decir, no te importa si tu primo se lleva la chica, pero no el dinero.

–No hay dinero.

Nell hizo un gesto de desaprobación con los ojos.

–Y ahora voy yo y me lo creo. Es decir, si tú no tienes ni un solo gramo de avaricia en el cuerpo, ¿a qué viene todo esto? –le espetó.

–Mi abuela me crió. Ella me ha enseñado todo lo que sé. Le debo todo y deseo que ella muera en paz.

–Pero...

Luis la miró con exasperación y se hizo un gesto como si se cerrara una cremallera en la boca.

–¿Te vas a quedar callada para que yo pueda terminar de hablar?

–Si vas al grano... –observó ella levantando la barbilla y mirándole con desaprobación.

–Mi abuela es una mujer intachable. Se ha ocupado de esta finca en solitario durante muchos años. Su esposo murió cuando ella era aún una mujer joven. Quiere que yo sea feliz y cree que para eso necesito una... –se interrumpió y esbozó una sonrisa antes de terminar la frase– media naranja. Una esposa.

–¿Yo? ¡Ni hablar!

–Eso es exactamente lo que yo pienso.

–No voy a mentir por ti.

–No te estoy pidiendo que lo hagas. Espero que con el anillo baste.

–¿Pero y si ella no se...?

–¿No se muere? –susurró él–. Es posible –admitió–. Es dura y ha estado enferma antes. Si eso ocurre –añadió. Nada de su actitud sugería lo desesperadamente que se aferraba a aquella esperanza–, simplemente le diré que te has visto obligada a regresar a Inglaterra. Las relaciones a distancia son difíciles y la nuestra terminará de muerte natural, posiblemente debida a tu infidelidad.

–Pareces haber pensado en todos los detalles.

–Tengo esa reputación.

–Pues a mí se me ocurre otra posibilidad. Tal vez te hayas convencido de que estás haciendo esto para hacerla feliz porque te avergüenza admitir hasta dónde serías capaz de ir para asegurarte de que heredas este lugar.

Luis la miró atónito. Al ver su reacción, ella dio un paso atrás. La ira que se reflejaba en los ojos del español reflejaba la de ella.

Luis, por su parte, decidió que no tenía por qué justificarse ante aquella mujer ni ante nadie. La opinión que ella tuviera de él no tenía importancia alguna.

–No tienes que preocuparte por cuáles son mis motivaciones. Simplemente debes tener un aspecto dulce y enamorado –se burló mientras le colocaba un dedo debajo de la barbilla.

Nell, cuyo pulso latía desbocado y ya no sólo por miedo, se mantuvo rígida mientras él la observaba.

–Pues no pareces enamorada.

Apartó la mano de él y miró hacia un punto detrás de él. Se dijo que no debía tener pánico. Que podía marcharse cuando quisiera. Él no podía detenerla. Lo único que tenía que hacer era marcharse.

–Eso es porque no lo estoy –replicó ella. Se pasó la lengua por los labios con gesto nervioso–. Todo esto es demasiado raro. Necesito tiempo. He cambiado de opinión. Creo...

–No es una opción.

Sin previo aviso, él inclinó la cabeza sobre la de ella y apretó los labios contra los suyos. El tórrido beso no empezó lentamente para hacerse más apasionado. Resultó duro, exigente. Comenzó a un nivel de intimidad para el que nada la podía haber preparado. Mientras la boca de Luis se movía con una sensualidad innata por la de ella, el deseo prendió en su cuerpo y los sentidos se vieron inundados con el tacto y el sabor de él.

Cuando la lengua realizó su primera erótica incursión, algo se disolvió y se rompió dentro de ella. De repente, comenzó a devolverle el beso. Le extendió los dedos sobre el firme torso mientras gemía contra sus labios y se apretaba contra él, respondiendo así a la frenética necesidad de sentirse más cerca.

En el momento en el que Luis levantó la cabeza, pareció tan sorprendido como ella, aunque Nell decidió que tal vez lo había imaginado porque, un segundo más tarde, Luis se quitó las manos de ella de encima y la empujó hacia la puerta.

–No pienses –le susurró al oído.

Nell, aún aturdida por lo ocurrido, no pudo reaccionar a tiempo. Su fuerza de voluntad parecía haberla abandonado. No se podía creer que le hubiera devuelto el beso. Para intentar reaccionar, le lanzó una mirada asesina.

–Si vuelves a hacer eso, haré que te arrepientas de ello –le espetó.

Luis no respondió. Él mismo ya se estaba arrepintiendo de lo ocurrido. Observó los jugosos labios de Nell y pensó en su sabor. Entonces, apartó aquel pensamiento. Para ser un hombre que se enorgullecía de su férreo control, aquel asunto debería haber sido más sencillo.

Si había algo en lo que Luis no destacaba, era en la espontaneidad, especialmente cuando la espontaneidad se refería a Nell Frost.

Nell, por su parte, sentía resentimiento y humillación. Luis la había besado para callarla y hacerla entrar en la habitación de su abuela. Lo peor de todo era que lo había conseguido con tan sólo un beso. Un beso que ella había correspondido.

La sala en la que entraron estaba en penumbra. Nell pudo distinguir los muebles y una frágil figura incorporada sobre los almohadones de una enorme cama de madera tallada. Ella habló en español, pero Luis respondió en inglés.

−¿Estás sorprendida? Lo dudo. No me digas que no te habías enterado ya de que yo había llegado −dijo Luis mientras se dirigía hacia la cama y se inclinaba sobre la anciana.

Al ver el andador al lado de la cama, Nell rememoró dolorosos recuerdos y los ojos se le llenaron de lágrimas. Habían pasado ocho semanas. No podía llorar precisamente en aquel momento. Poco a poco, fue recuperando el control y se secó las lágrimas que le habían humedecido los ojos.

−Te he traído una visita y ella no habla español.

El contraste entre la dura actitud de unos instantes y la ternura con la que hablaba a la anciana acrecentó el nudo que se le había formado en la garganta. Deseaba seguir pensando que él no tenía buenas razones o sentimientos, pero si Luis Santoro no quería mucho a aquella anciana, era un buen actor.

−Ésta es Nell.

Luis extendió una mano hacia ella. Nell respondió sin pensar al ver el mensaje que él le transmitía con la mirada. Dio un paso al frente y le agarró la mano. Sintió una oleada de calor por todo el cuerpo cuando él tiró de ella y le rodeó la cintura con un brazo para pegarla junto a su cuerpo.

De repente, Nell comprendió a Lucy. Si su primo tenía la mitad de los poderes de seducción de aquel hombre, no era de extrañar que su inexperta sobrina se hubiera enamorado tan perdidamente.

–Enciende la luz, Luis.

Nell parpadeó cuando la luz le iluminó el rostro.

–Buena estructura ósea... –dijo la anciana. Entonces, miró a su nieto antes de volver a mirar a Nell–. No es tu tipo, Luis.

«Dígame algo que yo ya no sepa, señora», pensó Nell. Entonces, un gesto en el rostro de Luis la empujó a extender la mano como si fuera una marioneta.

–Bueno, ahora ya no tendré que cambiar mi testamento –bromeó doña Elena.

Nell tardó unos segundos en comprender el comentario. Cuando lo hizo, se vio abrumada por la desilusión. Había querido saber la razón y ya no había dudas. Resultaba irracional sentirse tan defraudada. La gente hacía cosas ruines y desagradables cuando había por medio grandes cantidades de dinero. ¿Por qué iba a ser Luis diferente?

–¿Se lo ibas a dejar todo a Felipe?

Elena Santoro sonrió débilmente. Sabía perfectamente que su nieto más joven no tenía aprecio alguno por la finca y menos entusiasmo aún por las responsabilidades que la acompañaban. Felipe casi se había sentido aliviado cuando ella le había explicado que su intención era que el mayor lo heredara todo, aunque él podría disponer de la casa de Sevilla y de la colección de arte que ésta contenía.

–Posiblemente –bromeó. Entonces, miró a Nell–. ¿Conoces a Felipe?

–Todavía no –respondió ella. Casi sentía pena por Felipe.

–Es un buen muchacho. Muy artístico, aunque espero que se le vayan olvidando esas tonterías. Habrás notado que no hablo de mis hijos. Si les dejara la finca a ellos, la dividirían y la venderían a los especuladores antes de que yo me enfriara en mi tumba −susurró. Entonces, empezó a toser estrepitosamente−. Estoy bien, no te preocupes, Luis −añadió mientras golpeaba cariñosamente la mano solícita de su nieto−. Entonces, Nell, ¿cuándo os vais a casar?

−Aún no tenemos fecha −respondió Luis.

A pesar de su fragilidad física, la mirada de la anciana no tenía nada de débil cuando miró a su nieto.

−¿Acaso esta muchacha no sabe hablar, Luis? Deja que sea ella la que responda.

Nell levantó la barbilla. Si Luis tenía miedo de lo que ella pudiera decir, se lo merecía.

−Claro que sé hablar −dijo ella mirando a Luis con gesto desafiante.

−Pues háblame de ti.

−¿Qué le gustaría saber? Tengo veinticinco años y soy ayudante de biblioteca.

−¿Cómo conoció Luis a una ayudante de biblioteca?

−Tal vez fue el destino.

Luis sonrió y acarició el cabello de Nell como si hubiera realizado aquel gesto tan tierno cientos de veces. Había que reconocer que, aunque su moralidad distara mucho de ser la adecuada, era un buen actor.

−¿Tienes familia, Nell? −le preguntó de nuevo la anciana.

−Tengo una hermana y un hermano. Los dos son mayores que yo y están casados.

−¿Vives sola?

−Vivo con mi padre −dijo, sin pensar. Entonces, recordó−. Qué tonta −murmuró−. Se me sigue olvidando. *Vivía* con mi padre.

–¿Ha muerto tu padre?

Luis notó por primera vez las ojeras que tenía en el rostro y sintió una increíble ternura hacia ella al ver como se apretaba las manos contra los ojos y se los frotaba como si fuera una niña respondiendo a las preguntas de su abuela.

–Hace ocho semanas –susurró–. Ocho semanas.

Repitió aquellas dos palabras con voz casi sorprendida. Aquellas semanas habían estado llenas de asuntos de los que ocuparse. No había tenido tiempo de lamentar la muerte de su padre. Pensó en el montón de maletas que había dejado cuando se montó en el primer vuelo disponible. Los de la mudanza llegarían por la mañana y no habría nadie que los dejara entrar.

Pensó también en Clare, que llegaría para recoger los muebles de más valor que había reclamado para su propia casa. Nell se imaginó lo enfadada que se pondría su hermana y en los de la mudanza, allí, de pie junto a la puerta. Aquella imagen debería preocuparla más, pero no era así.

–La casa sólo estuvo una semana en venta antes de que se vendiera –dijo, sin comprender por qué les contaba aquello–. De todos modos, habría sido demasiado grande para mí.

–¿Tu padre llevaba enfermo mucho tiempo, Nell? –preguntó la anciana con voz suave.

Nell asintió y notó que Luis decía algo que sonaba enojado en español. Su abuela respondió diciendo:

–¿No ves que necesita hablar? La pobre ha estado conteniendo sus sentimientos.

–Tuvo un ictus. Le paralizó parcialmente el lado izquierdo. Como tenía algunos problemas de movilidad, yo no fui a la universidad.

Si ella hubiera ido a la universidad, la única opción

para su padre habría sido una residencia y Nell sabía lo mucho que su padre adoraba su casa. Con unas cuantas modificaciones en la casa, su padre había adquirido una cierta independencia hasta el punto de que, poco antes de su muerte, había estado animando a Nell para que fuera a la universidad.

–Estaba muy bien. Por eso fue un shock que él... Murió de neumonía.

Nell oyó como se le quebraba la voz. No quería llorar, pero sabía que, si empezaba, no podría contenerse.

Cuando las lágrimas comenzaron a manar, giró la cabeza y se encontró con el torso de Luis. Una mano la inmovilizó allí y otra la abrazó contra su cuerpo.

–Esto no ha sido una buena idea –le dijo Luis a su abuela mientras abrazaba el cuerpo de Nell. El sonido de los sollozos de ella lo desgarraba por dentro. Nunca en toda su vida se había sentido tan impotente. Ni tan responsable.

Debería haber reconocido la vulnerabilidad de aquella mujer, pero no lo había hecho y aquél era el resultado. Apoyó la barbilla en lo alto de la cabeza de Nell y la acunó entre sus brazos.

–Tranquila... tranquilla... –susurró él.

–Esta muchacha tiene sentido del deber. Eso me gusta.

–Yo creo que ya ha tenido bastante –dijo Luis antes de tomarla en brazos y de sacarla así de la habitación.

Capítulo 5

OS SOLLOZOS de Nell atravesaron el corazón de Luis. Cada sollozo parecía salirle desde lo más profundo de su ser. Resultaba muy doloroso escucharla, sentir como le desgarraban el cuerpo.

Luis la miró. Le parecía que no iba a terminar nunca de llorar. Sin embargo, poco a poco, Nell se fue calmando hasta que dio un último y profundo suspiro y levantó la cabeza del hombro de él. Al hacerlo, la húmeda mejilla de él rozó la de ella.

Luis no hizo intento alguno por detenerla mientras se deslizaba a la parte contraria del sofá.

Nell levantó la mano para apartarse el cabello húmedo que le cubría los ojos.

—Lo siento —musitó sin mirarlo. Le molestaba haber perdido el control, pero más aún le molestaba haber perdido el control delante de Luis Santoro—. Ya estoy bien.

—Por supuesto que sí —dijo él mientras le ofrecía una caja de pañuelos de papel que les había llevado Sabina—. Sobre lo de tu padre...

—No quiero hablar al respecto. Ya has conseguido lo que querías.

—¿Sí?

—Bueno, tu abuela va a dejarte su fortuna, ¿no? Supongo que eso es mejor que tener que trabajar para ganarse la vida.

Una mirada que ella no pudo interpretar le cruzó el rostro. No era culpabilidad, aunque lo debería haber sido.

—Tal vez no todos tenemos tu integridad moral —dijo con cierto desdén.

—No estoy sugiriendo que yo sea perfecta.

Luis la miró. Tenía los ojos y la nariz enrojecidos. «Tal vez no sea perfecta, pero sí muy atractiva». Sin embargo, no era su tipo. Hasta su abuela lo había reconocido.

—¿Qué puedo ofrecerte?

—Quiero que me lleves con Lucy.

—¿Ahora mismo? —preguntó él con incredulidad.

—Ahora mismo.

—No pareces en condiciones de ir a ninguna parte.

—Sí, bueno. Siento mucho no llegar a tus niveles de perfección estética, pero teníamos un trato y yo he hecho mi parte que, tengo que decirte, me ha dejado un amargo sabor de boca. Ahora te toca a ti. ¿Sabes de verdad dónde se encuentran? Si es así, sólo tienes que decírmelo. Iré yo sola. Tengo coche.

Luis decidió que ella era más que capaz de hacerlo si él se lo permitía. Aquella mujer era ciertamente muy obstinada o tal vez necesitaba estar en movimiento para no sentir la pena que se apoderaría de ella irremediablemente. Era un mecanismo de defensa que él reconocía muy bien. Lo había utilizado después de la muerte de Rosa. En su caso, había adoptado la forma de trabajo y más trabajo, lo que algunas personas habían considerado falta de sentimiento.

—La carretera no es buena. Sólo un cuatro por cuatro o, mejor aún, un caballo, te llevará allí.

—No monto a caballo —dijo ella. No le resultaba difícil imaginarse a Luis Santoro sobre uno.

—Entonces, tendrá que ser el cuatro por cuatro.

—¿Me vas a llevar? —preguntó ella, aliviada.

—Como, evidentemente, no estás en condiciones de ir sola, sí, te llevaré yo —afirmó él. Miró su reloj—. Tengo algunas cosas de las que ocuparme, por lo que digamos que nos marcharemos dentro de una hora. Mientras tanto, come algo. Te enviaré a Sabina, que te mostrará dónde puedes ir para refrescarte un poco.

Aquel comentario provocó que Nell se sonrojara. Lo último que quería era mirarse en un espejo.

—¿Quién es Sabina? —preguntó. Pero él ya se había marchado.

No tuvo que esperar mucho tiempo para descubrirlo. La mujer apareció momentos después con café recién hecho. Sus modales le resultaron a Nell muy tranquilizadores. La mujer le explicó en un inglés perfecto, aunque con fuerte acento, que era el ama de llaves.

Tras tomar unos bocadillos y beber un poco de café, lavarse la cara y peinarse, Nell se sintió mucho mejor. Estaba preparada... a menos que no volviera a pensar en aquel beso.

Luis regresó cuarenta y cinco minutos después. Había ido a ver a su abuela para explicarle que estaría fuera el resto del día. Muy pronto, resultó evidente que su plan había ido mucho mejor de lo que había imaginado. Su abuela estaba más animada de lo que la había visto en semanas. Escuchándola hablar de su futura nieta política y de los bisnietos que estaba deseando vivir para ver nacer, Luis se preguntó si deshacerse de aquel falso compromiso le iba a resultar mucho más difícil de lo que había anticipado.

Él mismo se había creado el problema y, sinceramente, esperaba tener que solucionarlo. Sin embargo, el futuro seguía siendo incierto y no se podía permitir tener esperanzas. No obstante, una cosa estaba clara: Nell Frost contaba con la aprobación de doña Elena. Nell Frost, a la que no podía encontrar por ninguna parte.

Observó la bandeja y miró a su alrededor. La rubia inglesa no estaba por ninguna parte. Se dio cuenta de que la puerta que conducía a la biblioteca estaba abierta, por lo que se dirigió hacia allí. Casi inmediatamente la encontró. Estaba subida en lo alto de una de las escaleras que daban acceso a los estantes más altos de la sala.

Nell estaba tan concentrada en un libro que no se dio cuenta de que él había entrado. Él la observó. La imagen era muy agradable. El sol se filtraba por las contraventanas que cubrían las ventanas y destacaba los mechones más rubios de su cabello, además de las esbeltas curvas bajo el vestido de algodón, que prácticamente se había hecho transparente. Su respuesta a aquella imagen fue más terrenal de lo que había imaginado. Irritado, tuvo que esforzarse para volver a guardar su libido. Le pareció un buen momento para recordarse que ella ni siquiera era su tipo.

–¿Haciendo en vacaciones lo que haces en el trabajo?

Nell se sobresaltó al escuchar el sonido de la voz de Luis. Volvió a colocar el libro que tenía sobre las rodillas en su sitio. Lo hizo con el cuidado que un tesoro se mereciera. Entonces, se aclaró la garganta y trató de hablar con tranquilidad, ignorando el temblor que sentía en el estómago.

–Estaba mirando tus libros.

–¿Y no podrías haberlo hecho en el suelo?

Nell ignoró la pregunta.

–¿Sabes que aquí no hay organización alguna? Y tienes unos libros muy valiosos.

–¿Y es una pena que pertenezcan a un lerdo que no los aprecia?

–Lo has dicho tú.

–Creo que a mi bisabuelo le gustaba coleccionarlos –dijo él. A lo largo de los años, le había sugerido a su abuela que la colección debería catalogarse, pero ella lo había considerado una costosa pérdida de dinero.

La indignación de Nell se acrecentó. Le parecía un sacrilegio que alguien tan poco informado pudiera tener acceso a un tesoro como aquél.

–Pues se estará revolviendo en su tumba por la condición de algunos de... En realidad, es criminal. Aquí hay algunos ejemplares verdaderamente raros...

–Jamás había visto a ninguna mujer desplegar tanta pasión por nada a menos que fuera un bolso de diseño

–Si las mujeres que tú conoces sólo sienten pasión por bolsos, eso dice mucho de tu habilidad en la cama.

La satisfacción que sintió al realizar aquel comentario duró los dos segundos que su cerebro tardó en suministrarle una imagen de sábanas enredadas en extremidades entrelazadas, piel clara contra piel oscura.

Evidentemente, había sido un gran error introducir aquel tema cuando hablaba con Luis Santoro. Apretó los ojos para no ver las explícitas imágenes que su mente estaba creando.

–No quería...

–¿Lanzar un desafío? ¿O mancillar mi masculinidad?

Aquel comentario le provocó un escalofrío por el cuerpo. En su ansia por negar aquella sugerencia, Nell estuvo a punto de caerse de la escalera.

—¡Ten cuidado!

Nell miró durante un segundo los oscuros ojos de Luis. Un pequeño suspiro de alarma se le escapó de los labios mientras la adrenalina y el deseo le recorrían el cuerpo. Se echó hacia atrás y se acomodó de nuevo sobre la escalera. Entonces, respiró profundamente.

—A decir verdad, me interesa mucho más encontrar a Lucy que explorar tus inseguridades masculinas.

—No te preocupes. No soy tan inseguro. ¿Estás pensando bajar de ahí en un futuro cercano?

Nell comenzó a bajar con cuidado, pero, a pesar de todo, volvió a resbalarse. Cuando le quedaban tan sólo tres escalones para llegar al suelo, un par de grandes manos le agarró la cintura.

—¿Qué crees que estás haciendo? —le espetó ella mientras se daba la vuelta para mirarlo con indignación.

—Evitar un accidente. Si no tienes cuidado, señorita Frost, no deberías subirte a las escaleras.

Consciente de que aún tenía las manos de Luis en la cintura, Nell levantó la barbilla y se apartó un mechón de cabello que le cubría el rostro. Afortunadamente, él apartó las manos, pero seguía demasiado cerca de ella.

—En realidad, no tengo problema alguno con las alturas —dijo ella. Los españoles altos con rostro de ángel eran otro asunto—. Son estos zapatos. Las suelas no se agarran bien.

Luis le miró los zapatos.

—Tienes unos pies muy pequeños —comentó tras levantar la mirada—. ¿Te encuentras bien?

–Sí –susurró ella, sin dejar de mirarse los pies.

Luis observó el rubor que le cubría el rostro y el cuello cuando instantes antes había estado muy pálida.

–Pues a mí no me parece que estés bien.

Ella levantó la barbilla, aunque evitó mirarlo a los ojos.

–No puedo evitar el aspecto que tengo.

Con un profundo asombro, Luis se dio cuenta de que no podía evitar sentirse atraído por el aspecto que ella tenía... y mucho. En mucho tiempo, sólo había buscado sexo en una mujer y lo que sentía en aquellos momentos hacia una mujer que apenas conocía le parecía una traición a la memoria de Rosa. Por supuesto, no se podía comparar con lo que sentía en aquel momento. Rosa lo había conocido como la palma de su mano, lo mismo que él a ella. Los dos habían crecido juntos y el vínculo que los unía se había estrechado cada vez más.

–Bien, ¿estás lista?

Nell respondió a la pregunta recordándole enérgicamente que había sido ella la que había estado esperando.

Capítulo 6

EL ENORME todoterreno, al contrario del coche que Nell había alquilado, tenía aire acondicionado.

—¿Dónde vamos? —le preguntó mientras se abrochaba el cinturón de seguridad.

—A una casita que hay al otro lado de la montaña. Junto al mar.

—¿Qué te hace estar tan seguro de que se encuentran allí?

—A Felipe siempre le ha gustado esa casa. Ha dicho en más de una ocasión que es el nidito de amor perfecto.

Luis no mostró más inclinación de hablar. Un incómodo silencio se extendió entre ellos. La carretera resultó ser tan mala como él le había dicho. Llegó a hacerse tan empinada que hasta las ruedas del cuatro por cuatro tenían dificultades a la hora de agarrarse al asfalto. En una ocasión, Nell contuvo la respiración.

Luis la miró y vio que su rostro estaba muy pálido y reflejaba una gran tensión.

—Normalmente la carretera no está tan mal. El mes pasado hubo unas tormentas muy fuertes.

—Mientras no tengamos ninguna ahora.

Poco después, la carretera se hizo más llana y comenzaron a avanzar por una zona boscosa. Nell expresó su sorpresa ante una vegetación tan abundante.

–¿No puedes ir un poco más rápido? –preguntó con impaciencia.

–Podría –respondió él mientras observaba como ella cerraba los ojos cuando tomaban una curva muy cerrada–. También podrías conducir tú, pero tendrías que tener los ojos abiertos.

–No se me dan bien las alturas –dijo–. Y tú deberías mirar la carretera, no a mí.

–Tal vez me siento impotente ante tu fatal atracción.

Luis bajó los ojos para ocultar la sorpresa ante la inesperada verdad de aquella afirmación. ¿Qué tenía el rostro de Nell que tanto lo fascinaba? Giró el rostro y observó el suave perfil de la joven antes de centrar su atención de nuevo en la carretera. Jamás había conocido a una mujer que tuviera un rostro tan expresivo.

Rosa había sido una belleza clásica. Aquella muchacha no lo era. Luis sintió deseos de buscar sus imperfecciones. Tenía los ojos muy hermosos, pero el resto de sus rasgos no eran excepcionales. Sin embargo, la boca, que era demasiado generosa para su rostro, ejercía una creciente fascinación sobre él.

Nell giró el rostro para observar el paisaje. Se dio cuenta de que una bruma estaba empezando a levantarse del suelo. Estaba muy baja y cubría la vegetación con un sudario espectral que reducía bastante la visibilidad.

–¿Crees que esta niebla va a empeorar?

–Podría ser.

La niebla sería el menor de sus problemas. Luis se había dado cuenta de que tenían el depósito de la gasolina casi vacío. Apretó los dientes. Decidió que no había razón para decírselo a Nell. Ella se enteraría tarde o temprano. Además, podría ser que llegaran a la costa antes de que el depósito se vaciara por completo.

La miró de nuevo y vio que ella había vuelto a mirar por la ventana. Tenía un aspecto tan tenso como la cuerda de una guitarra. Su cuerpo estaba completamente rígido.

−¿Por qué estás aquí?

Nell lo miró con irritación.

−Ya te lo he explicado.

−Sí. Sé que has venido a salvar a tu sobrina de las garras de mi primo. Lo que no comprendo es por qué tú.

−¿Qué quieres decir con eso de por qué yo?

−Bueno, ¿acaso tu sobrina no tiene padres? ¿Tu hermano o tu hermana?

−Lucy es la hija mayor de mi hermana Clare. También tiene un bebé de corta edad. He venido yo porque Lucy se puso en contacto conmigo. Quería que fuera yo la que se lo dijera a sus padres.

−Pero no lo has hecho.

−Si consigo ver a Lucy a tiempo, no habrá necesidad alguna de preocuparles.

−Son padres. Lo de preocuparse forma parte de la definición.

−Y yo soy sólo la tía, ¿verdad? Da la casualidad que Lucy y yo estamos muy unidas −dijo−. Supongo que estarás pensando que yo debería dejar que ella hiciera lo que quisiera.

−Es una opción. Aprendemos de nuestros errores.

Nell lo miró con desaprobación.

−¿Estás diciendo que, en algún momento de tu vida, tú también cometiste un error? No me lo puedo creer. Yo creía que tú habías alcanzado la infalibilidad ya en la cuna.

Aquel ácido comentario sólo provocó una sonrisa. Luis Santoro debía de tener la piel de un rinoceronte. Además, debía de llevar años perfeccionando aquella sonrisa tan devastadora delante de un espejo.

—No todos somos tan duros como usted, señor Santoro. Ni tan pagados de nosotros mismos.

—Creo que te deberías olvidar de eso de señor Santoro mientras lleves ese anillo en el dedo.

Nell miró automáticamente el dedo donde llevaba el anillo y, tras mirarlo con desaprobación, trató de quitárselo del dedo. Después de todo, ya no había necesidad alguna de fingimientos.

—¡Se me ha quedado atascado! —exclamó ella—. No se mueve ni un milímetro —aulló mientras trataba de sacarse el pesado anillo.

—No te preocupes —comentó él—. Siempre podemos echar mano de la amputación. También podrías habérselo dicho a los padres de tu sobrina, pero no lo hiciste. Esto es problema suyo, no tuyo.

—Ya te he explicado que ellos no podrían haber hecho nada —afirmó, aunque estaba comenzando a tener dudas. De hecho, podría ser que incluso la estuvieran buscando a ella.

—¿Y tú sí?

Nell lo miró muy irritada.

—Por si no te has dado cuenta, estoy haciendo algo, siempre suponiendo que tú estés en lo cierto y que ellos estén en esa casa. Y que no lleguemos demasiado tarde.

—¿Tan malo sería que ya estuvieran casados?

Nell apartó la vista del barranco por el que estaban pasando en aquellos momentos y que era muy profundo y lo miró con incredulidad.

—¿Malo, dices? ¿Malo? ¿Estás loco? Lucy tiene

diecinueve años. Tiene la vida entera por delante, la universidad, una profesión... Está en el momento de su vida en el que debería estar teniendo aventuras, descubriendo quién es, pero no casándose con un... un...

—¿Español? —sugirió él mientras la miraba con diversión en los ojos.

—No me importa la nacionalidad, aunque el hecho de que comparta genes contigo no es una buena recomendación.

Luis sonrió.

—Felipe no se parece a mí. Además, podría ser que los estudios universitarios y una profesión no sean tan importantes para tu sobrina.

—Lucy es una alumna de sobresaliente. Y siempre ha querido tener una profesión.

—Mi primo es lo que algunas personas podrían llamar un buen partido —comentó él.

—Si estás tratando de insinuar que mi sobrina es una cazafortunas... —le amenazó ella apretando los puños.

—No. Estoy tratando de sugerir que tu sobrina podría estar enamorada.

—¿Enamorada?

—Ocurre de vez en cuando, según me han dicho —dijo Luis en tono burlón.

—Tan sólo hace unas semanas que se conocen.

—Supongo que eso significa que no crees en el amor a primera vista, Nell.

Nell se frotó los brazos. No sabía por qué, pero cada vez que él pronunciaba su nombre, había notado que se le ponía piel de gallina. Tenía que ser el acento tan sensual de su voz. Entonces, echó la cabeza hacia atrás y soltó una carcajada.

Luis giró la cabeza para mirarla. Observó los ojos grises y la sugerente boca.

–Supongo que eso significa que no.

–Efectivamente. El deseo a primera vista es posible.

–¿Hablas por experiencia propia?

–No creo que eso sea asunto tuyo. Supongo que esto significa que tú sí crees en el amor a primera vista.

–No tengo experiencia personal al respecto, pero no soy tan cínico como tú. No lo rechazo de antemano.

–El último de los grandes románticos. Supongo entonces que eso significa que crees que casarse a los diecinueve años es una buena idea.

–Bueno, sería un hipócrita si recriminara a Felipe lo que hice yo mismo.

Nell lo miró con la boca abierta.

–¿Te casaste con diecinueve años?

–En realidad, a los veinte.

–¿Te crees que soy una ingenua?

Luis la miró. Ella lo estaba observando, con los ojos abiertos y grandes como un pájaro enjaulado.

–En realidad, sí.

–Te advierto que el aspecto puede resultar engañoso

–¿Por qué te resulta tan difícil creer que me casé a los veinte años?

–¿Hablas en serio? –preguntó ella–. ¿Acaso ella se quedó embarazada? –añadió, antes de que pudiera contenerse. Entonces, se sintió muy avergonzada por lo que había dicho–. Lo siento. Eso no es asunto mío.

–No, no lo es, pero, para que conste, no nos casamos a punta de pistola.

–Vaya, yo habría pensado que...

Nell decidió guardar silencio para que él no pensara que estaba demasiado interesada en su vida privada. No estaba allí para descubrir detalles sobre Luis Santoro, sino para encontrar a Lucy y sacarla de aquella situación.

–¿Qué es lo que habrías pensado?

–No importa.

–¿No te parece un poco tarde para andarse con cautela a la hora de compartir tu opinión?

–Está bien. Tú no eres un buen ejemplo sobre las ventajas de casarse joven, ¿verdad? Yo habría pensado que, teniendo en cuenta que tu matrimonio fracasó, tu instinto natural sería evitar que tu primo cometiera el mismo error.

–¿Acaso he dicho yo que mi matrimonio fuera un fracaso?

–Dadas las circunstancias, deduje eso. Si tu matrimonio tuvo tanto éxito, ¿cómo es que terminasteis divorciándoos?

El desdén que se reflejaba en la voz de Nell despertó de nuevo la ira en Luis.

–No nos divorciamos. Llevábamos casados dieciocho meses cuando Rosa murió.

Nell jamás pensó que se pudiera sentir más incómoda en presencia de Luis Santoro como en aquel momento. Se llevó la mano a la boca.

–Eso es horrible –susurró.

–De eso hace ya mucho tiempo...

De su matrimonio Luis sólo conservaba un tenue recuerdo y, en ocasiones, le parecía que hasta eso estaba perdiendo. Había dejado de sufrir la pérdida de Rosa hacía mucho tiempo, pero sentía una gran culpabilidad cuando cerraba los ojos y no podía ver su rostro, escuchar su voz o recordar su risa. Todo se estaba desvaneciendo. Y eso que no podría encontrar nunca una mujer que reemplazara a Rosa. Un hombre sólo amaba una vez.

–Venga, pregúntame.

–¿Preguntarte?

–Claro –afirmó él sin mirarla–. Resulta evidente que te mueres de curiosidad.

–Te equivocas al juzgar mi interés por tu vida personal –dijo Nell. Inmediatamente se contradijo con sus siguientes palabras–. Rosa es un hermoso nombre. ¿Lo era ella?

–Sí, muy hermosa.

–¿Tienes hijos? –preguntó. Sin poder evitarlo, se lo había imaginado jugando con un niño o tal vez con una niña entre los brazos que lo recordara para siempre a su madre.

Luis apretó la mandíbula. Cuando Rosa quiso tener niños, él se había negado diciendo que tendrían mucho tiempo. No había sido así. Ya nunca tendría hijos. ¿Cómo podría tenerlos con otra mujer cuando se los había negado a la única mujer que había amado nunca?

–No.

–¿Tienes alguna relación sería? No es que sea una cotilla, pero...

–¿No?

–No, claro que no. Sólo me parece que es justo que me adviertas si podría haber una novia celosa en alguna parte que pueda aparecer de repente para sacarme los ojos.

–No me gusta provocar celos.

–Con el aspecto físico que tú tienes, no tienes que provocar nada.

Nell cerró los ojos y se mordió la imprudente lengua.

–Gracias, Nell.

–No tienes por qué. No ha sido un cumplido, sino un hecho. Además, no creo que eso sea una novedad para ti. Sin embargo, para que conste –añadió, tratando de enmendar su comentario–, a mí no me gustan los hombres malos, variables y machistas.

–Yo no soy así. Se me considera un hombre muy estable y con una personalidad muy alegre –comentó él, con rostro serio.

Nell trató de no sonreír.

–Al menos tienes sentido del humor. Eso es algo.

–Relájate. No va a venir nadie con una reclamación anterior... Soy todo tuyo.

–¡Qué suerte tengo! –exclamó ella, aunque el estómago le dio un vuelco.

Sin embargo, con gesto ausente, se tocó el anillo que llevaba en el dedo y pensó en la mujer que un día lo llevaría de verdad. Entonces, experimentó una oleada de sentimientos encontrados.

–Tu esposa debió de tener los dedos muy delgados.

Luis tensó la mandíbula. La gente nunca hablaba de su esposa en su presencia.

–Rosa jamás se puso ese anillo.

–Por supuesto que no –musitó ella. Se sintió muy estúpida. Evidentemente, él nunca viciaría el recuerdo de su amor perdido permitiendo a otra mujer que se pusiera su anillo.

–A ella no le gustaban las joyas antiguas.

–Vaya... ¿Es éste un anillo muy antiguo?

–Lleva mucho tiempo en la familia. La hermana gemela de mi abuela, Dominga, fue el último miembro de la familia que se lo puso. Su prometido era británico.

–¿De verdad? Debe de ser maravilloso conocer la historia de la familia hasta varias generaciones atrás. ¿Se marcharon a Inglaterra?

–No. Su prometido murió en la Segunda Guerra Mundial y ella permaneció soltera.

«Como tú», pensó Nell. Miró el anillo y se sintió abrumada por una repentina tristeza.

–Es terrible –susurró.

–¿Estás llorando?

Luis parecía sorprendido y no era de extrañar. Resultaba ridículo verse afectada por una tragedia que había ocurrido hacía ya tiempo.

–No. Por supuesto que no –negó.

–Pues debes de tener algo en un ojo.

–Eres muy gracioso. ¿Por qué no te fijas más en la carretera?

«Efectivamente, Luis. ¿Por qué no te fijas más en la carretera?», se preguntó.

Capítulo 7

LUIS conducía esperando que el coche se detuviera en cualquier momento. De reojo, había comprobado que Nell trataba de no dejarse vencer por el sueño. Cabeceaba constantemente y el tiempo que pasaba entre las veces que se despertaba era más y más largo.

–Duérmete si estás cansada.

Ella se frotó los ojos y bostezó.

–No estoy cansada –mintió.

Luis estaba a punto de responder que sabía que no era así cuando el motor de paró y el coche se detuvo.

–¿Por qué nos hemos detenido? –preguntó ella ahogando un bostezo.

–Quería admirar el paisaje –bromó él.

Nell entornó la mirada. Luis sonrió y levantó las manos como si se estuviera rindiendo.

–¿Por qué crees que nos hemos parado?

–Si lo supiera, no habría preguntado... –dijo. Entonces, una mirada de horror se le reflejó en el rostro–. ¿Estás tratando de decirme que tenemos una avería?

–No exactamente.

Luis observó cómo ella se cubría el rostro con las manos y empezaba a protestar.

–¿Por qué me ocurren estas cosas a mí?

–¿Se trata de una pregunta retórica?

–No es un buen momento para hacerse el gracioso

–comentó ella levantando la cabeza–. Por si no te lo ha dicho nadie, no se te da bien –añadió. Entonces, respiró profundamente y se puso a hablar consigo misma–. No te dejes llevar por el pánico. Tienes que permanecer tranquila. Y tú, supongo que no sabes nada de motores, ¿verdad? –le dijo a Luis.

–No soy ningún experto, pero me las arreglo.

–Bien. En ese caso, ¿no deberías estar buscando cables sueltos, cinturones del ventilador rotos o algo así? –le preguntó mientras señalaba el capó. Recordó que, en algunos programas de televisión, se utilizaba un par de medias para reparar milagrosamente el motor averiado de un coche. Desgraciadamente, ella no llevaba medias.

–No hay por qué. Ya sé lo que pasa.

Nell sonrió.

–¿Y por qué no lo habías dicho? Bueno, eso es maravilloso –añadió. La sonrisa se le borró de los labios cuando observó el rostro de Luis–. No es maravilloso. ¿Es algo importante?

–No mucho.

–¿Entonces, qué es lo que pasa?

–Nos hemos quedado sin gasolina.

–No hablas en serio, ¿verdad? –le preguntó ella con incredulidad.

–Hablo en serio. Nos hemos quedado sin gasolina.

–Tiene que ser una broma de mal gusto–susurró ella mirándole horrorizada.

–Nada de broma –afirmó él. Se quitó el cinturón y abrió la puerta. Nell se echó a temblar cuando el aire fresco de la montaña hizo bajar la temperatura del coche varios grados.

–¿Qué es lo que haces? –le preguntó al ver que él se bajaba tranquilamente del coche–. Llama a alguien.

–Voy a estirar las piernas, a ver dónde estamos exactamente y a atender a una llamada de la naturaleza. Te sugiero que hagas lo mismo antes de que oscurezca. Como no tengo cobertura aquí, no puedo llamar.

Nell miró con nerviosismo por la ventana. No era una chica de ciudad, pero aquel paisaje era mucho más salvaje que lo que ella estaba acostumbrada. No quería pensar en lo alejados que estaban de cualquier parte.

–¿Oscurezca?

–Yo diría que nos queda otra hora de luz.

–Bueno, en ese tiempo podría pasar alguien por aquí –dijo Nell decidida a mostrarse optimista.

–¿A estas horas? ¿Cuándo recuerdas habernos cruzado con otro coche?

Nell tragó saliva.

Luis la observó. El aire de desesperación que emanaba de ella no era fingido. Cuando le miró la boca, se vio atrapado por un fuerte y peligroso deseo de besarla para cambiar aquella expresión de miedo por la mirada perdida y asombrada que había visto en sus ojos cuando la besó.

–Alégrate. Podría ser peor.

Efectivamente, la zona en la que se encontraban era una pequeña explanada que resultaba más segura aunque no servía de nada para borrarle el deseo que no parecía que fuera a desaparecer en un futuro cercano.

Iban a tener que pensar cuidadosamente cómo iban a dormir. Evidentemente, él no quería complicar aquella situación aún más compartiendo el asiento trasero. Era una opción, pero la tentación sería demasiado grande.

–¿Estás de broma? No creo que nuestra situación pudiera ser peor –replicó ella–. Nada podría ser peor que verme atrapada en el medio de ninguna parte con... ¡contigo! –añadió, con un profundo desagrado.

Una sonrisa se dibujó en la expresiva boca de Luis.

–Vaya, yo creía que la fortaleza británica se ponía de manifiesto frente a la adversidad –comentó fingiendo desilusión.

–¡Lucy me necesita!

–Relájate –le aconsejó él lacónicamente, ocultando la tensión que él también estaba sintiendo.

–¡Estoy relajada! –gritó ella apretando los dientes.

Luis soltó un silbido de admiración.

–Y lo dices sin ironía alguna.

–Y te aseguro que gritaré también sin ironía alguna –le advirtió ella. Le estaba costando mucho mantener el control.

–Es una pérdida de tiempo preocuparse sobre cosas sobre las que no tenemos control.

–Para ti resulta fácil mostrarte filosófico cuando te importa un comino lo que le pase a tu primo. Ni siquiera habrías levantado un dedo para evitar que él cometiera un error que podría arruinar el resto de su vida. ¡Lo único que te importa es el dinero! –le acusó–. ¡Siento pena por ti!

–Yo también siento pena por mí por tener que soportar tus incesantes protestas.

–Lucy está....

Luis ya estaba más que harto de escuchar aquel nombre.

–Te aseguro que Lucy ya está metida en la cama –la interrumpió.

–Con tu primo. ¡Genial! –bufó ella–. Ese pensamiento resulta muy reconfortante.

–Pues no lo pienses –le aconsejó él. Evidentemente, ya estaba aburrido de aquella conversación.

–No pienso moverse de este coche hasta que me lleves con Lucy. Insisto en que me lleves junto a ella.

–Me halaga tu fe en mi habilidad, pero conseguir que un coche funcione sólo con el aire está más allá de mis capacidades.

–¿Cómo nos hemos podido quedar sin gasolina? ¿Es que no lo comprobaste o acaso delegas tareas tediosas como ésa en uno de tus empleados? ¡Dios mío! –exclamó meneando la cabeza con incredulidad–. Resulta evidente que no tienes ni idea.

Luis la contempló en silencio. Un instante después, ese silencio se rompió con una sonora carcajada.

–Me han dicho muchas cosas en mi vida, pero jamás eso. Al menos, no a la cara –admitió con una sonrisa.

–Me alegra mucho haberte divertido.

–Tienes razón. Debería haber comprobado que teníamos gasolina antes de salir, pero cuando me di cuenta ya estábamos demasiado lejos como para poder volver.

Nell se esforzó por mantener una expresión de desprecio. Luis se había disculpado y no parecía haber planeado que aquello ocurriera. Además, se estaba empezado a dar cuenta que su reacción había sido excesiva. Seguramente estaba tan contrariado por lo ocurrido como ella.

–Bueno... supongo que... ¿Cuando te diste cuenta, has dicho? ¿Quieres decir que llevas kilómetros sabiendo que nos íbamos a quedar sin gasolina?

–Tal y como lo dices, parece que yo lo tuviera planeado.

–¡No dijiste nada! –exclamó Nell. Estaba furiosa porque él le hubiera ocultado la situación.

–Ahora me arrepiento de no haberlo hecho –comentó él con ironía–. Si hubiera sabido que podría haber estado disfrutando de tu histérica reacción desde un poco antes, te aseguro que te lo habría dicho.

Le dedicó una sonrisa, pero antes de que Nell tuviera oportunidad de responder a su sarcasmo, se dirigió hacia los árboles. Un instante después las siniestras sombras de la densa vegetación se lo habían tragado.

–¡No pienso salir de este coche! –gritó ella por la ventana en tono desafiante. Entonces, añadió una súplica–: ¡No me puedes dejar aquí así!

Sin embargo, lo había hecho.

Nell permaneció sentada, con la espalda rígida por la tensión. Aquello era una pesadilla. No podía estar ocurriendo. Tardó diez minutos en decidir que lo mejor sería que fuera a echar un vistazo. Retiró las llaves que él había dejado en el contacto, cerró el coche y se las metió en el bolso. Entonces, se dirigió a los árboles y tomó el sendero que había visto que él tomaba. Había recorrido tan sólo unos cuantos metros cuando el suelo comenzó a inclinarse peligrosamente, lo que la hizo tropezar en repetidas ocasiones. No vio a Luis hasta que él estaba prácticamente a su lado.

–Veo que has decidido unirte a mí.

–Yo... –susurró. Entonces, se fijó en lo que él estaba haciendo. Estaba abanicando un montón de hojas y ramitas que ardían en el suelo–. ¿Qué estás haciendo?

Observó su rostro. Luis estaba de perfil hacia ella. Las sombras destacaban la pureza de sus rasgos. Sin saber por qué, Nell se echó a temblar. No creía que fuera la calidad estética de su belleza masculina lo que tanto la había afectado, sino un aspecto más primitivo y terrenal que formaba parte de él.

–Estoy haciendo un fuego. Más tarde hará frío.

–¿Y qué eres tú, un boy scout? –le preguntó.

Sin embargo, cuando lo miró, vio el lugar donde la camisa se le había abierto y observó la clase de torso del que no podía presumir ningún boy scout. El corazón comenzó a latirle con fuerza. Apartó la mirada y, mientras lo hacía, su mirada se encontró con la de Luis.

De repente, el aire entre ellos pareció hacerse más espeso. Nell sintió una extraña sensación en el vientre. Respiró profundamente y, con dificultad, escapó de la tensión sexual que la atenazaba.

Luis, por su parte, comenzó a azuzar el fuego con una rama y consiguió por fin encender una llama.

–No he sido nunca scout. En realidad, no me gusta jugar en equipo.

–Algunas personas considerarían que eso es una debilidad.

–Lo era –admitió él. Se pasó la mano por la mandíbula, que estaba empezando a mostrar ya los primeros indicios de una incipiente barba–. Fue algo que se mencionó en varios de mis informes escolares. Eso y mi problema con las personas que representaban la autoridad.

–Entonces, los días que pasaste en el colegio no fueron los mejores de tu vida.

–Gracias por tu preocupación, querida mía, pero creo que ya he superado hace mucho tiempo mis traumas de la infancia.

–No estaba preocupada por ti –replicó ella–. Me reservo mi comprensión para tus profesores. Si eras tan sólo la mitad de irritante de lo que eres ahora...

–Es cierto que el sistema de colegios privados de Inglaterra y yo no nos llevábamos muy bien.

Nell lo miró con los ojos abiertos de par en par. Extendió una mano y se apoyó contra una piedra cercana al fuego.

–¿Fuiste al colegio en Inglaterra?

–Es una tradición familiar.

–Y tu primo también.

–No. Mi tío es diplomático. Estuvo destinado en los Estados Unidos durante mucho tiempo. Felipe se educó allí –comentó mientras echaba otra rama al fuego.

Las chispas saltaron por los aires. El humo que produjo el fuego en aquel momento se metió en los ojos de Nell. Ella empezó a toser.

–¿Qué esperas colocándote en dirección del viento? Ven aquí.

El aroma que llegó hasta él era más sutil que el del fuego. Se trataba de un ligero aroma que emanaba del cuerpo de Nell. Las pestañas que enmarcaban sus ojos oscuros le acariciaron suavemente las mejillas cuando deslizó su mirada por los delicados rasgos del rostro de ella y pasó luego a examinar el esbelto cuerpo y las esbeltas extremidades. Nell lo hacía pensar en una brillante y delicada flor que había nacido en un rincón oscuro.

¿Sería su piel tan suave y sedosa como parecía?

¿Por qué estaba mirando? Y peor aún, ¿por qué deseaba hacer algo más que mirar?

«Relájate, Luis», se dijo. No se estaba enfrentando exactamente a uno de los misterios de la vida. Aquello era deseo, nada más complejo que una reacción química. Una fuerte reacción química. A él le gustaba mantener su vida sexual, como el resto de su vida, sencilla y sin complicaciones. No solía implicar debates internos sobre la textura de la piel de una mujer. Colocaba sus cartas sobre la mesa, sin sentimientos o malinterpretaciones. Le gustaban las relaciones con mujeres que tenían una actitud más propia de los hombres hacia el sexo. Sabía que el hecho de que una persona le gustara no era fundamental para la atracción sexual ni para tener unas relaciones íntimas maravillosas, pero, en su experiencia, sin ese requisito, cuando la pasión se saciaba, la situación podría ser incómoda.

No era que él estuviera ni siquiera considerando... Ante aquella sugerencia, dirigió la mirada hacia el firme busto contenido por el modesto escote del sencillo vestido y sintió que le subía la temperatura.

De acuerdo, lo estaba considerando, pero tan sólo hipotéticamente.

Nell se secó los ojos, pero no hizo ademán alguno de obedecer su sugerencia.

—Después, me pedirás que te haga un arco y flechas y que me ponga a matar animalillos.

La nota discordante de aquellas palabras hizo que ella soltara una carcajada para contrarrestar el asombro que incluso a ella misma le habían causado, pero comprobó aliviada que sirvieron también para romper el hechizo que se había estado formando entre ellos.

Se plantó las manos en las caderas y adoptó un aire de desafío.

—¿Vas a hacer también ropa con las pieles para ser el cavernícola completo? ¿O te vas a poner a pescar con lanza? —le espetó ella para transmitirle sin duda alguna lo enojada que estaba.

Luis parecía divertido en vez de ofendido por aquella burla.

–Deduzco que lo de volver a la naturaleza no tiene atractivo alguno para ti –observó él mientras echaba otro trozo de leña al fuego–. Sin embargo, te advierto que en estos bosques no sólo hay animalillos. Tenemos jabalís. Pueden resultar muy peligrosos.

–¿Jabalís?

–Sí. En algunas fincas los crían para hacer negocio con ellos. Los nuestros son salvajes.

–¿Seguimos aún en la finca de tu abuela?

–Sí. Durante la mayor parte del tiempo hemos estado atravesando las tierras que pertenecen a la familia.

Nell se quedó asombrada. Tenía que ser muy grande. No era de extrañar que él estuviera dispuesto a tanto para heredar.

–No todo el mundo tiene la oportunidad de regresar a la naturaleza –comentó él con una mirada de sorna.

–¡No tengo intención alguna de volver a la naturaleza contigo! –exclamó, mientras se sonrojaba por completo–. Tienes una mente muy maliciosa.

Luis se levantó de la postura agachada en la que había estado hasta entonces y se sacudió la tierra que tenía en los pantalones.

–¿Estás segura de que es mi mente lo que te preocupa?

–Te aseguro que tengo más cosas de las que preocuparme que el hecho de que tú te creas irresistible. Mi sobrina...

–Tu sobrina es una mujer –le interrumpió él.

–Legalmente tal vez, pero en experiencia...

–Creía que habías dicho que llevaba viajando por Europa seis meses.

–Sólo tiene diecinueve años.

–¿Y qué hacías tú cuando tenías diecinueve años, Nell? Es decir, si te acuerdas de algo que ocurrió hace tantos años –añadió, con sorna. Le parecía que Nell, sin maquillaje, con el cabello suelto y aquel vestido parecía mucho más joven que la sobrina a la que había ido a salvar–. Te lo diré yo. Estabas cuidando de tu padre enfermo.

Luis ni siquiera se podía imaginar lo que aquello había implicado, pero, en su opinión, no era lo que una joven en la flor de la vida debería haber estado haciendo. Sintió una poderosa ira hacia los dos hermanos mayores que, en su opinión, se habían comportado tan egoístamente.

–No hay comparación –protestó ella.

–No soy yo el que está haciendo la comparación. La historia no se está repitiendo, Nell.

Ella sacudió la cabeza.

–No sé de qué estás hablando.

–Yo creo que sí. A tu sobrina no se le está obligando a poner el deber por delante del deseo. No está haciendo un sacrificio.

El tono de su voz sugería que no tenía una buena opinión de las personas que realizaban tales sacrificios. Aquellas palabras enojaron a Nell.

–Te aseguro que no soy ninguna mártir, si es eso lo que estás implicando.

–¿No te sentiste atrapada? ¿No se te ha ocurrido pensar que esta cruzada no tiene nada que ver con tu sobrina, sino contigo? No puedes soportar la idea de que tu sobrina tire lo que a ti se te quitó cuanto tenías su edad.

Nell pareció escandalizada por aquella sugerencia, que, hasta entonces, no se le había ocurrido nunca pensar.

–Esa idea es ridícula –comentó ella, aunque no estaba tan segura de que no hubiera algo de verdad en ella–. Me preocupa Lucy.

Luis experimentó una irracional oleada de ira al escuchar el nombre de la muchacha. ¿Por qué se negaba Nell a reconocer lo evidente?

–¡Esto no tiene nada que ver con Lucy! –gritó.

–¡Claro que sí!

–¿Cuándo vas a dejar de aceptar las responsabilidades de otras personas para poder vivir tu propia vida? ¿O es eso de lo que tienes miedo? –añadió mientras echaba otro trozo de madera al fuego.

Nell dio un paso atrás. Se sentía algo intimidada por la fuerza de la ira de Luis.

–De ti no, te lo aseguro.

–No estaba tratando de asustarte –afirmó él mientras moderaba el tono de su voz.

–No estoy asustada.

Luis sentía que aquel desafío lo llenaba con una mezcla de exasperación y de ternura. La primera reacción era comprensible, la segunda completamente inexplicable.

–Mira, tu sobrina es joven y estoy de acuerdo contigo. Estoy de acuerdo en que, a la edad de diecinueve años, no sabe nada de tomar decisiones sensatas, pero a los diecinueve tú sabías demasiado. Tu sobrina no eres tú, Nell. Ella es una niña caprichosa y mimada.

–¡Y tú qué sabes de Lucy! –le espetó–. ¿Cómo te atreves a criticarla? Es una chica encantadora.

Luis levantó los hombros y se remangó la camisa dejando al descubierto unos fuertes antebrazos cubiertos de vello.

Se encogió de hombros y la miró.

–No hay razón para discutir esto. Estás demasiado cerca de todo esto para ser objetiva..

–¡No te atrevas a hablarme con tanta condescendencia! –gritó ella observando con ira la ancha espalda cuando él se dio la vuelta–. Mírame, ¿quieres? No te atrevas a marcharte mientras te estoy hablando –añadió mientras echaba a andar tras él y le agarraba el hombro.

Luis se dio la vuelta. Cuando la miró, Nell dejó caer la mano.

De repente, la idea de que él se marchara no le pareció tan mala.

–Te estoy escuchando. ¿Qué querías decir con eso de demasiado cerca?

–Mira, tanto si nos gusta como si no, estamos aquí sin poder movernos, así que trata de relajarte. No estamos en Las Vegas ni hay capillas en las que te puedas casar las veinticuatro horas del día. Si están pensando en casarse, no van a hacerlo esta noche. Además, lo bueno de todo esto es que son muy jóvenes. Seguramente, ya habrán cambiado de opinión. Si quieres ser de utilidad, ve a buscar un poco de leña.

–No quiero ser útil –le espetó ella cruzándose de brazos.

Luis observó como el labio inferior le temblaba y se enfrentó a una desconocida necesidad de tomarla entre sus brazos. Cuando la tuviera así, estaba seguro de que se adueñarían de él unos instintos menos nobles. Sin embargo, un profundo temblor le recorrió todo el cuerpo. La deseaba tan desesperadamente que era capaz de saborearlo. De saborearla a ella. Se imaginó separándole los labios y hundiéndose en aquella dulce calidez tan claramente que se quedó inmóvil en el sitio sin poder hablar.

Cuando por fin pudo reaccionar, habló con dureza.

–La lista de lo que quiero que hagas no es demasiado larga –dijo él, sin detallar la lista de lo que él deseaba verdaderamente hacer.

No recordaba haberse sentido atraído por una mujer de aquella manera. Siempre había sentido un profundo desprecio por los hombres que dejaban que su vida se rigiera por su libido, pero la frustración por un nivel de excitación tan continuado estaba haciendo que le resultara difícil concentrase.

–¿Acaso te imaginas que no tengo otros sitios en los que preferiría estar y...?

Nell levantó la barbilla y le interrumpió.

–Sí, y personas con las que preferirías estar. Lo entiendo. Bueno, pues para que conste, tú tampoco eres la persona con la que yo elegiría verme atrapada en una isla desierta.

Capítulo 8

A PESAR de su afirmación, Nell tenía que admitir que Luis se adaptaría mejor que la mayoría a una situación tan extrema. Era un hombre al que le gustaba el desafío físico e intelectual. El aire de sofisticación urbana y su ropa de diseño la habían engañado al principio, pero se estaba dando cuenta de que, si la situación lo exigía, Luis Santoro se podía despojar de todo aquello muy fácilmente.

Sólo a una idiota le resultaría excitante una naturaleza tan explosiva y tan imprevisible. Se colocó una mano en el estómago, pero no logró calmarse. No era el momento más adecuado para darse cuenta de que, en realidad, no era tan madura como quería ser.

—Esto no es una isla desierta.

—No —afirmó ella mientras se colocaba una chaqueta que llevaba en el bolso—. En una isla desierta haría más calor.

—Hay muchas maneras en las que está demostrado que uno se puede mantener caliente.

Ella lo miró con los ojos abiertos de par en par. Los ojos de Luis la miraban de una manera... El deseo la recorrió todo el cuerpo hasta el punto de que lo único que pudo escuchar era el rugido de su propia sangre en los oídos. Entonces, él dio un paso al frente.

—¡No!

Era posible que Nell no hubiera hablado en voz

alta y que el grito sólo se hubiera producido en su cabeza porque Luis no respondió.

El incómodo momento se extendió en el tiempo mientras ella trataba de respirar y de controlarse.

–Además, ¿para qué estás haciendo un fuego? –le espetó–. ¿No sería más sensato quedarse en el coche?

Luis se encogió de hombros.

–¿Eres siempre tan sensata, Nell?

Ella tragó saliva. Luis parecía estar comiéndosela con la mirada. Ningún hombre la había mirado nunca así, lo que la excitaba y la asustaba de igual manera.

Se pasó la lengua por los temblorosos labios.

–¿Sí?

Era un pregunta que Nell esperaba que él desacreditara. Sin embargo, Luis se contuvo. Sabía que ella respondía si él la tocaba, lo que suponía que le resultara más difícil escuchar la voz de su interior que le decía que aquello sería un error. Un error porque él sabía que sería simplemente sexo sin complicaciones. La cuestión era si lo sabría ella.

–Duerme donde quieras. No puedo tomar esa decisión en tu nombre, Nell.

–Eso significa que tendré el coche para mí sola.

Con eso, se dio la vuelta y echó a correr. Cuando llegó al coche, iba sin respiración. Era un milagro que sólo se hubiera tropezado una vez en su carrera, pero si se hubiera quedado, podría haber sido mucho peor. Recordó de nuevo aquellos tensos instantes, de fuerte carga sexual, cuando las cosas se podían haber escapado fácilmente a su control. Con un suspiro, se apoyó contra la puerta del coche y cerró los ojos mientras esperaba que su corazón se tranquilizara.

Luis no había intentado seguirla ni ella había esperado que lo hiciera. Él le había estado ofreciendo una noche de sexo, no un compromiso para toda una vida. Cuando ella se había negado, él se había encogido de hombros sin darle más importancia.

Nell volvió a pensar en su huida. Seguramente él habría pensado que estaba loca. Tal vez tenía razón. El hecho de que no supiera si quería quedarse o no constituía una locura. Lanzó una carcajada histérica.

No había ocurrido nada, por lo que no había razón para preocuparse al respecto. Es un hecho bien conocido que el agotamiento físico y mental cambia por completo el carácter de las personas.

—Lo que necesito es dormir —se dijo.

Entonces, con mano temblorosa, se metió la mano en el bolso para sacar las llaves del coche. Al escuchar un crujido entre la maleza, se detuvo en seco mientras recordaba la conversación que había tenido con Luis sobre los jabalís.

La búsqueda de las llaves se hizo más frenética. Cuando no las encontró, se tiró de rodillas al suelo y vació el contenido de su bolso sobre la tierra.

—Vísteme despacio que tengo prisa —dijo. Entonces, volvió a guardar todas las cosas una por una.

Le quedaba más o menos la mitad por recoger cuando su aprensión se hizo más latente. Cuando por fin logró recogerlo todo menos la pequeña linterna que tenía en la mano, su aprensión se convirtió en una profunda desesperación.

Se cubrió el rostro con las manos. Pensar que tenía que pasar la noche allí sola la horrorizaba por completo, pero ¿qué alternativa tenía? ¿Regresar con Luis?

Negó con la cabeza.

—Bajo ningún concepto. ¡Nunca!

Decidió que lo que tenía que hacer era pensar. Repasó mentalmente sus actos. Decididamente había puesto las llaves en el bolso, por lo que, si no estaban allí, debían de habérsele caído en alguna parte. Tal vez se le habían caído cuando se cayó al suelo.

Encendió la pequeña linterna y lanzó una carcajada al ver el pequeño halo de luz que emitía. Encontrar una aguja en un pajar sería un juego de niños comparado con aquello. Se secó las lágrimas con gesto impaciente.

—¡Muestra un poco de coraje, Nell!

Estaba en España, no en la Antártida. No se iba a morir de hipotermia. No había lobos... ¿O sí?

Incapaz de resistir el impulso, miró por encima del hombro iluminando la oscuridad con la pequeña linterna. Decidió que al día siguiente, cuando amaneciera, iría a buscar las llaves antes de que Luis se enterara de que se habían perdido.

Tras haberse convencido de la viabilidad de aquel plan, se preparó para la noche que la esperaba. Desgraciadamente, su fino vestido de algodón y la chaqueta que llevaba puesta no le ofrecían mucha protección ni para los elementos ni para la vida salvaje que pudiera haber por allí.

Se sentó con la espalda contra el coche, escuchando los sonidos de la noche. Su imaginación se desbocó. Todos los ruidos la asustaban. La montaña que a la luz del día le había parecido tan hermosa se convirtió en un lugar siniestro y vivo por la noche. Mantuvo la compostura hasta que algo cálido y peludo le corrió por encima de un pie.

Ahogó como pudo el grito que llevaba conteniendo bastante tiempo. Con el corazón latiéndole con fuerza en el pecho, se puso de pie de un salto y echó a correr. Cuando estuvo entre los árboles, se dirigió hacia el resplandor que emitía la hoguera de Luis.

Él estaba tumbado a un lado de las llamas, de espaldas a ella. Su respiración era profunda y lenta.

Nell contuvo su propia respiración y, sin dejar de mirar a Luis, que dormía plácidamente, se colocó silenciosamente al otro lado del fuego y se dejó caer de rodillas. Sin hacer ningún ruido, se tumbó sobre el suelo.

—Espero que no ronques.

Nell se sobresaltó y se dio la vuelta. Vio que Luis estaba de espaldas sobre el suelo, mirándola.

—Estás dormido —dijo.

—Lo estaba —afirmó él—, pero tu perfume es muy característico.

—No llevo perfume —replicó—. He cambiado de opinión sobre el coche. Resultaba muy agobiante.

—Ah.

Nell se sintió muy aliviada de que él no hubiera realizado preguntas incómodas, pero esa sensación no duró mucho. El aliento se le heló en la garganta cuando vio que él se ponía de pie con un fluido movimiento. El pulso se le aceleró al ver que se dirigía hacia ella. Cuando llegó a su lado, Luis se detuvo y la miró. Aquellos ojos oscuros tan hermosos la hicieron temblar.

Entonces, él comenzó a quitarse la chaqueta.

—¿Qué estás haciendo?

Luis se inclinó sobre ella y la cubrió con la prenda que se había quitado.

—Que duermas bien, querida.

—No puedo aceptar tu chaqueta, Luis.

—Supongo que también te parece un insulto que un hombre te abra la puerta, ¿no? Mira, es muy tarde, así que te pido que me permitas un gesto de cortesía sin

considerarlo un insulto o sin otorgarle otras intenciones.

Después de un breve instante, Nell asintió.

–Gracias –susurró mientras se cubría con la prenda,
que llevaba impreso el olor de su cuerpo–. Tengo un
poco de frío.

Nell observó como él se dirigía con paso elegante
a su lado del fuego y echaba un trozo de leña antes de
sentarse.

A pesar de todo, Nell, que estaba completamente
agotada, se quedó dormida casi inmediatamente. Luis
permaneció despierto, escuchando los sonidos de la
noche y el de la suave respiración de Nell. No necesitaba dormir mucho, pero cuando tenía que dormir,
podía hacerlo en cualquier lugar... normalmente. Aquella noche, esa capacidad parecía haberlo abandonado.

Aquella noche, muchas cosas parecían haberlo
abandonado.

Cuando por fin consiguió relajarse, se podía decir
que acababa de cerrar los ojos cuando los gritos de
Nell le pusieron los pelos de punta. Se puso en pie y
se dirigió rápidamente hacia ella, prácticamente pasando por encima de las brasas del fuego.

Se arrodilló junto a ella y le colocó las manos sobre los hombros.

–¿Qué tienes? ¿Qué te ha pasado?

Ella lo miró sin reconocerlo.

Luis no hizo intento alguno por evitar los golpes
de las manos de Nell ni por dominarla con su fuerza
superior. Se limitó a sujetarle el rostro entre las manos.

–Tranquila... –le susurró.

Poco a poco, ella se fue relajando contra él, apretando el rostro contra el torso de él. Mientras la estre-

chaba contra su cuerpo, Luis sintió como el aliento de Nell le caldeaba el cuello. Le acarició suavemente el cabello. Sentía una profunda necesidad de reconfortarla.

Cuando ella por fin levantó la cabeza y se apartó un poco de él, le ofreció un rostro pálido y manchado de lágrimas.

—Lo siento...

—No tienes por qué sentirlo.

Nell trató de sonreír, pero no lo consiguió.

—Debería haberme quedado en el coche. Te he manchado la camisa.

—Tengo más. ¿Te encuentras bien? —le preguntó él. Había visto pesadillas anteriormente, pero nada que provocara un terror tan visceral.

Nell no podía apartar los ojos de la piel morena que asomaba por la camisa de Luis. Los dientes le castañeaban a pesar de que trataba de mostrarse serena.

—Ha sido un terror nocturno.

—¿Un terror nocturno?

Nell movió los dedos ligeramente. Se sentía asustada, pero excitada a la vez, por el hecho de que sus dedos pudieran estar acariciando una piel tan suave.

—Nunca... nunca me acuerdo. Solía tenernos cuando era una niña. Resulta más aterrador para otras personas que para mí. Siempre me volvía a acurrucar en la cama y me quedaba dormida. Siento haberte molestado.

—¿Molestado? No. No te preocupes. No estaba dormido.

—Éste ha sido el día más extraño de toda mi vida —confesó ella.

—Pues aún no ha terminado —comentó él con una

sonrisa–. Aún no estás a salvo de vuelta en tu biblioteca. Madre de Dios –añadió observando el rostro de Nell con una intensidad que hizo que ella se echara a temblar–. ¡Ojalá no la hubieras abandonado nunca!

Nell se encogió. Se sentía impresionada por una declaración tan apasionada.

–¿Sabes que me asustaste mucho?

–¿Te asusté? –preguntó ella.

Luis le deslizó un dedo desde la barbilla hasta la mejilla. Lo hacía suavemente, casi sin tocar la suave piel. Los ojos, a su vez, seguían el camino que el dedo había marcado.

Era el equivalente táctil de un suspiro, pero causó un desproporcionado grado de daño al sistema nervioso de Nell. El pequeño escalofrío de excitación que ella sintió en la boca del estómago se creció y se convirtió en un temblor de anticipación. El aire que los rodeaba se cargó de tensión sexual.

En algún lugar por encima de sus cabezas, sonó el lúgubre ulular de un búho.

Capítulo 9

LOS OJOS de Luis tenían una expresión extraña cuando le colocó a Nell una mano en la parte posterior de la cabeza. Los dedos se le hundían en el cabello mientras soportaba el peso. Tenía un rubor sobre las mejillas que pareció profundizarse más y más a medida que le recorría a Nell los suaves contornos de su rostro con la mirada.

—Sí. Sigues dándome miedo...

Curvó la mano alrededor de su rostro y bajó la boca sobre la de ella. El contacto fue breve, duro. Nell abrió los ojos a pesar de que los párpados le resultaban pesados, tanto como el extraño letargo que le invadía las extremidades. Lo miró y negó lentamente con la cabeza a modo de silenciosa súplica.

—No me mires así... —susurró.

Luis no quería sentirse así, pero no tenía elección. Se había visto poseído por una fuerza más fuerte que ninguna otra. El sentimiento que aquella mujer despertaba en él era primitivo. Llenaba cada célula de su cuerpo, lo consumía y le rugía en las venas, borrándole así toda capacidad de pensar en otra cosa que no fuera en poseerla.

A la luz de las brasas, ella podía ver la capa de humedad que le cubría la bronceada piel del rostro y del cuello. Bajó los ojos un poco más hasta el lugar en el que la camisa se le había abierto y adivinó los fuertes músculos que le cubrían el liso vientre.

Sintió sensaciones a las que no podía poner nombre. Luis era muy guapo, la esencia de la masculinidad más primitiva.

La mano de él siguió su viaje. Le recorrió la espalda lentamente, resbalándosele lentamente por la espina dorsal hasta que descansó en la zona lumbar. A través de la tela del vestido, ella notó la calidez de sus dedos.

—Sigues teniendo frío.

Nell respondió de un modo inarticulado. No sentía frío. Se sentía desconectada de su cuerpo de un modo extraño.

—Tú no —susurró. Efectivamente, notaba el calor que emanaba del cuerpo de Luis a través de la delgada tela del vestido.

Extendió los dedos y se los deslizó por el torso. Desabrochó la camisa y se la apartó hasta conseguir dejar el vientre al descubierto.

Luis le agarró la mano y la apartó de su cuerpo.

—¡Madre de Dios! —exclamó—. ¿Sabes lo que me estás haciendo? —gruñó. El deseo que llevaba refrenando todo el día le rugió en las venas.

—Eres perfecto. Sólo quiero tocarte...

Al notar que él inclinaba la cabeza, cerró los ojos. Luis la besó. Sus labios eran cálidos y firmes. La textura, el sabor, la experiencia sensorial consiguieron extraer un suave gemido que se perdió inmediatamente en la boca de él cuando Luis profundizó la exploración.

El beso terminó y, respirando como si acabaran de correr un maratón, los dos se miraron. Nell dejó que la cabeza le cayera sobre el torso de él. Le deslizó los brazos alrededor de la cintura y permaneció así unos instantes, escuchando los latidos de su corazón, hasta que él se apartó y se tumbó a su lado.

Nell le deslizó las manos por los hombros y por la fuerte curva de la espalda. Los ojos de Luis brillaban mientras la besaba con un ansia abrumadora y excitante. Era como si quisiera absorber la esencia de ella. Nell, por su parte, arqueó la espalda y le rodeó el cuello con los brazos. Entonces, abrió la boca para animarlo a que él profundizara el beso. Al sentir que él deslizaba una mano por debajo de la falda del vestido, le agarró con fuerza el cabello.

Luis levantó la cabeza y la miró. Vio que ella tenía las pupilas dilatadas de tal manera que el negro se había tragado al gris del iris. Cuando la miraba, el deseo de poseerla se adueñaba de él por completo. Jamás había experimentado nada tan fuerte cuando miraba a una mujer ni había sentido la primitiva necesidad de reclamarla para sí.

Oyó que ella contenía la respiración cuando comenzó a dibujarle arabescos lentamente en la parte interior del muslo. Entonces, le deslizó los dedos por debajo de las braguitas y sintió el calor que irradiaba de la humedad que se le había formado entre los muslos.

—Dios, eso es... —gimió Nell.

Apretó con fuerza los ojos mientras desplegaba los dedos sobre la piel de los poderosos hombros de Luis. Una corriente eléctrica parecía recorrerle todo el cuerpo. Movía la cabeza de un lado a otro mientras le clavaba las uñas en la piel de los hombros.

Luis deslizó las manos por debajo del trasero de ella, levantándola hacia él. Entonces, mientras le besaba la suave curva de la pálida garganta antes de volver a reclamar sus labios, se colocó entre sus piernas.

Nell lanzó una exclamación al sentir la dura y vibrante presión de la erección contra la tierna carne de su vientre. Resultaba más excitante y sorprendente a la vez que nada de lo que hubiera imaginado nunca. El dolor ardiente y líquido que le vibraba entre las piernas se hizo cada vez más doloroso.

Luis le besó la suave piel del cuello, aspirando el suave aroma que emanaba de ella. Entonces, se colocó de rodillas y, sin apartar la mirada de la de ella durante un solo instante, se desabrochó los vaqueros y se los quitó. La camisa siguió el mismo camino un instante más tarde. Se quedó completamente desnudo y gloriosamente excitado, algo que a Nell no dejaba de escandalizarla. La imagen de aquel cuerpo desnudo incendió aún más el deseo que le ardía en el vientre. Los sedientos ojos recorrían ávidamente los tensos músculos del torso y de los hombros de Luis, para luego bajar más abajo, acariciando con la mirada el listo y firme vientre, y más abajo aún.

La avaricia relució en los ojos de ella.

–Eres tan hermoso –susurró, lo que incrementó en varios grados el nivel de excitación de Luis.

La voz de él era irreconocible. De repente, ella comprendió que Luis estaba hablando en español. Las palabras fluían de él con suavidad mientras la hacía incorporarse un poco para poder bajarle la cremallera del vestido.

Nell contuvo la respiración y bajó la mirada. Sin poder evitarlo, se preguntó qué era lo que estaba haciendo.

Estúpida pregunta. Resultaba evidente lo que estaba haciendo aunque a ella le costaba incluso en la intimidad de sus pensamientos ponerlo en palabras.

La pregunta era si aquello era lo que quería.

Estuvo a punto de soltar la carcajada ante aquella pregunta. ¿Querer? Jamás había deseado nada con tantas ganas en toda su vida.

—Quiero esto, Luis. Te deseo a ti...

Los largos dedos de Luis descansaban suavemente sobre la delicada piel de Nell. Estaba temblando de deseo, un deseo que lo consumía desde el interior con la fuerza de un incendio forestal.

—Y yo te deseo a ti —susurró. Casi no podía reconocer su voz.

Le sacó el vestido por la cabeza. Al sentir la piel expuesta al aire nocturno, ella se echó a temblar.

El corazón le latía fuertemente en el pecho. Notó el aliento de Luis sobre su rostro mientras él le quitaba el sujetador. Entonces, la empujó de nuevo sobre la hierba.

Tenía los ojos tan negros como la noche que los rodeaba. Nell se sintió deslizándose en ellos, perdiéndose... deseaba perderse en él, en su firme masculinidad.

Luis se inclinó sobre ella y comenzó a moldearle los senos con una mano mientras profundizaba palabras en español.

—No puedo soportar...

Nell creyó que iba a morir por aquella dulce y dolorosa intimidad. Arqueó el cuerpo cuando sintió los labios de él sobre el vientre al tiempo que las manos iban bajando poco a poco, lanzando deliciosas y ardientes descargas por todo su cuerpo.

—Estás tan caliente y tan húmeda para mí —ronroneó él mientras le besaba de nuevo la curva del cuello.

Los muslos de Nell se separaron bajo la presión de la rodilla de Luis. Volvió a acomodarse entre ellos. El roce de la sedosa erección provocó en ella un primitivo grito.

–Por favor –susurró, mientras trataba de respirar.

Luis le tomó la mano y, sin dejar de mirarla a los ojos, se la colocó sobre el pene erecto. Era tan duro como el acero, pero también sedoso y caliente a la vez.

–Esto es lo que me haces, querida mía –murmuró. Entonces, le apartó la mano y colocó las dos suyas a ambos lados de la cabeza de Nell.

La penetró, hundiéndose en ella profundamente con un solo movimiento. Aquella invasión tan sensual cortó la respiración de Nell e hizo que ella gritara su nombre.

Estaba tan concentrada en lo que le estaba pasando, en la sorprendente sensación de verse llena, estirada por dentro, que no fue consciente del todo del grito de incredulidad de Luis.

–Te he hecho daño. Tú...

Nell le mordió el hombro.

–No me has hecho daño. Yo... Por favor, Luis, eres...

Sintió que él tensaba los músculos de la espalda y que comenzaba a moverse lentamente dentro de ella. Le acarició la espalda y le envolvió con sus piernas mientras él se movía, lentamente al principio, para luego hacerlo más deprisa como respuesta a los gritos de placer que ella lanzaba.

Luis sintió las primeras contracciones en el cuerpo de Nell. Dejó de ejercer el férreo control al que estaba sometiendo a su cuerpo y se hundió en ella más profundamente para luego dejarse ir. El clímax lo deshizo en mil pedazos y lo dejó sin aliento mientras se desmoronaba encima del cuerpo de ella.

Nell abrió los ojos y parpadeó. La cúpula de hojas se hizo más nítida al mismo tiempo que recordó lo ocurrido la noche anterior.

—Dios...

Se sentó sobre el suelo y examinó el claro.

No se veía a Luis por ninguna parte. Ella estaba sola. Las brasas eran su única compañía, junto con los dolores que el acto sexual había dejado en su cuerpo...

—Dios...

¡Una aventura de una noche!

Siempre se había preguntado cómo sería el sexo. El buen sexo. Había tenido miedo de ser demasiado reprimida como para averiguarlo de primera mano, pero lo había hecho y... ¡Menuda experiencia!

Le había costado, pero había tenido un profesor excelente. Recordó el rostro de Luis. En su ingenuidad, siempre había pensado que para conseguir el sexo perfecto, tenía que existir una unión de pensamientos, de corazones. Sin embargo, lo de la noche anterior desacreditaba por completo aquella teoría. Se sentía escandalizada y, en igual medida, fascinada, por el instinto que había cobrado vida y se había adueñado de ella, un instinto dormido que ni siquiera había sospechado que existiera. Jamás hubiera pensado que ella era capaz de una pasión tan desatada.

Se pasó la lengua por los labios. Aún le dolían por los besos de Luis. Le recorrió un escalofrío por el cuerpo al tocarse la boca. Los ojos se le nublaron cuando recordó instantes de tan apasionado coito.

Podría haber sido peor, se dijo. Se podría haber enamorado de él.

Había sido una locura. Una hermosa locura. Antes de que pudiera seguir torturándose con los detalles, oyó un sonido en la distancia.

Rápidamente se quitó la chaqueta que le cubría y se vistió con su propia ropa. Estaba tratando de subirse la cremallera del vestido cuando ésta se le atascó a medio camino.

—Estás despierta.

Allí de pie, con el cabello revuelto, los ojos abiertos de par en par y la blanca piel de su cuerpo, Nell le hacía pensar en una ninfa del bosque.

—Deberías haberme despertado. ¿Qué hora es? —preguntó ella. Luis tenía un aspecto muy sensual. Ella, por otro lado, debía de parecer una vagabunda. El mundo no era un lugar justo.

Luis levantó la ceja al escuchar el brusco tono de la voz de Nell.

—¿Eres de las que nunca está de buen humor al despertarse?

Nell se pasó una mano por el cabello y se lo colocó detrás de las orejas.

—Prefiero despertarme en una cama, con cortinas, sábanas...

—Eso tiene fácil solución.

Nell se sonrojó y apartó la mirada de la de él.

—En mi cama.

—Yo tengo una cama —dijo él. Se la imaginaba en ella, pero sabía que Nell no estaba hecha para ser amante.

—¿Me estás invitando, Luis?

¿Era sorpresa o sólo alarma lo que se dibujó en los ojos de él? Ninguna posibilidad habría sorprendido a

Nell considerando que la ironía que ella había querido instilar a sus palabras no se había materializado.

«Buena pregunta», pensó Luis. Evidentemente, sólo había una respuesta. O más bien la había habido hasta que él regresó al lado de Nell y la encontró con un aspecto tan delicioso.

Cuando se había marchado treinta minutos antes para ocuparse de la gasolina, no había estado pensando en ningún momento en repetir lo de la noche anterior. Sabía que era una mala idea.

Había hecho el amor con una virgen. En su opinión, eso le ponía a él en mala situación, a pesar de que ella podía y debería habérselo dicho. Jamás habría esperado algo así. Él estaba acostumbrado a mujeres que se mostraban tan abiertas y relajadas sobre sus necesidades sexuales como los hombres.

Si ella se lo hubiera dicho, él no habría... ¿O sí?

La pregunta seguía pendiente. ¿Podría él jurar que si ella le hubiera explicado su situación, las cosas habrían salido de un modo muy diferente?

—Mira, no tienes que fingir que lo ocurrido anoche fue el comienzo de una hermosa amistad —dijo ella, ofreciéndole inesperadamente una salida.

Amistad era lo que él había compartido con Rosa. Una gran amistad. Sin embargo, ¿y si a su relación le había faltado una chispa de vital importancia? En el momento en el que aquel pensamiento desleal se le formó en la cabeza, un fuerte sentimiento de culpabilidad se apoderó de él.

—Lo de anoche no tuvo nada que ver con la amistad —dijo. Sí con un deseo compulsivo y ciego que, incluso en aquellos momentos, se estaba haciendo sentir.

—¿Reservas ese desprecio para las mujeres que se

acuestan contigo en la primera cita? –preguntó ella tratando de añadir una nota de despreocupación a su voz.

–No teníamos una cita. Y tú eras virgen.

–Tal y como lo dices, parece una enfermedad contagiosa. Bueno, pues aunque lo fuera, ya no estoy infectada.

–Esto no es una broma –dijo.

Nell vio cómo él tragaba saliva. Estaba enfadado, pero ella no comprendía exactamente por qué.

–Había una casa a poco más de un kilómetro de distancia carretera arriba. Tengo gasolina, algo de comida y un termo con café. El coche estaba cerrado, así que supuse que tú tienes las llaves.

Nell abrió los ojos de par en par. Se había olvidado de aquel pequeño detalle.

–Hay un ligero problema.

Luis frunció el ceño y la miró con expectación. Ella tragó saliva. La ligera barba que le cubría la mandíbula le daba el aspecto de un bandolero y enfatizaba el peligro que siempre parecía acechar bajo su piel.

–Efectivamente, yo cerré con llave el coche. Hay que tomar precauciones –añadió.

Jamás se imaginó la respuesta que Luis iba a darle.

–Fue imperdonable.

Nell, sorprendida por la dureza de aquella frase y de la actitud de él, parpadeó.

–¿El qué? ¿Cerrar con llave el coche? –preguntó. De repente, lo comprendió todo y el rubor le cubrió todo el rostro–. Te refieres al sexo. Bueno, no se puede decir que yo no quisiera...

–Pero no sabías lo que estabas haciendo.

–Muchas gracias.

Aquella amarga respuesta provocó un gesto de impaciencia en él.

–No seas ridícula. Estuviste...

Se detuvo. Nell tomó la palabra.

–¿Bien, mal o inclasificable? ¿Siempre que tienes una aventura de una noche con una mujer le pones nota?

–No hables de ti en ese tono. Además, te pido que no hagas que lo que compartimos resulte barato.

Luis se quedó atónito por las palabras que había pronunciado. Él no compartía. Lo de compartir era para Rosa.

Sin saber los diablos interiores a los que Luis se estaba enfrentando, ella lo miró escandalizada.

–Simplemente quería prometerte que no tengo por costumbre tener relaciones sexuales sin protección –dijo él. Su responsabilidad lo abrumaba.

–No lo había pensado...

–Pues deberías.

Luis tenía razón, por supuesto, pero la manera en la que trataba el tema, como si la estuviera sermoneando, le pareció a Nell algo hipócrita.

–¿No fuiste tú el que me aconsejó que no me preocupara por las cosas que no puedo controlar? –le preguntó. Control era lo que debería haber mostrado la noche anterior.

–Quiero que sepas que estoy preparado para vivir con las consecuencias de mis actos.

–¿Qué consecuencias? Cuando yo haya encontrado a Lucy, no nos volveremos a ver.

–¿Cómo que qué consecuencias? –repitió él.

De repente, Nell comprendió a lo que se refería. El rubor le cubrió el rostro.

–¡Oh!

Apretó los labios. Luis asintió.

–Exactamente. No soy hombre que eluda sus responsabilidades.

Nell levantó la barbilla y esbozó una sonrisa de desprecio. Entonces, se dio la vuelta para ocultar la vergüenza que la embargaba.

–Yo no soy tu responsabilidad. Estadísticamente, las posibilidades de quedarse embarazada la primera vez, o incluso la segunda, deben de ser mínimas. Y no te preocupes. Si estoy embarazada, tú serás el último en saberlo.

Nell no había dado ni un paso antes de que una mano en el hombro le hiciera darse la vuelta. Luis le agarró los brazos y tiró de ella hasta que sus cuerpos se chocaron.

–No me parece que el asunto sea divertido.

–Evidentemente, no lo es –replicó ella. Se soltó de él y se frotó los brazos donde él le había agarrado.

Nell pensó que lo que le ocurría a Luis era que estaba aterrado ante la posibilidad de que ella estuviera embarazada.

–No haré más bromas –prometió ella. De repente, no sintió muchas ganas de bromear. La reacción de Luis era la natural, pero le dolía también.

–Yo jamás he tenido sexo sin protección con una mujer, ni siquiera con mi esposa –confesó–. Rosa quería un bebé y yo dije que teníamos tiempo. No fue así.

Nell sintió pena por él.

–Era imposible que lo supieras.

–Yo no le di el hijo que ella quería y ahora contigo, una mujer a la que apenas conozco... tú podrías estar embarazada.

Aquellas palabras explicaban muchas cosas y le dolían a unos niveles que ni siquiera sabía que existieran.

–Bueno, te aseguro que no, así que cambiemos de tema. Las llaves.

Nell agarró el bolso y se secó al mismo tiempo una inexplicable humedad que le cubría las mejillas.

—Estaban ahí —explicó señalando el bolso—. Debieron de caerse cuando me caí.

—¿Has perdido las llaves?

—Te aseguro que no lo hice a propósito. Fue un accidente —dijo. ¿Serviría la misma excusa para explicar el hecho de que se hubiera acostado con un hombre al que apenas conocía y que deseara hacerlo otra vez a pesar de que, evidentemente, él lo lamentaba profundamente porque seguía enamorado de su esposa muerta?—. Estaba muy oscuro. Me iba a levantar temprano, antes de que tú te levantaras... al menos ése era el plan.

Luis extendió la mano. La abrió y le mostró las llaves.

—Eso me pareció que habría ocurrido.

Nell lo miró a los ojos. Se había sonrojado profundamente.

—Las has tenido desde el principio.

—Las encontré cerca del coche.

—Pero decidiste hacérmelo pasar un poco mal. ¡Qué hombre más agradable eres!

—Lo de anoche no debería haber ocurrido —dijo él, de repente. Un gesto de remordimiento había aparecido en sus ojos.

—No lo pienses. Yo no lo hago —mintió.

—Claro. Eso de perder la virginidad ocurre todos los días de la semana.

—Tenía que ocurrir alguna vez.

—Veo que no te importa demasiado.

—Por el amor de Dios, ¿vas a dejar de hablar del tema? —le espetó. Se encogió de hombros y trató de insuflar un poco de humor a la situación—. Relájate.

Comprendo que la última vez que te acostaste con una virgen te casaste con ella, pero no espero una proposición de matrimonio.

—Yo nunca me había acostado con una virgen.

—¡Ah! Yo pensaba que los dos erais tan jóvenes cuando os casasteis que tu esposa...

—Rosa no era virgen. Yo sí.

—¿Eras virgen? —comentó, sorprendida. Le costaba imaginarse a un Luis joven e inexperto.

—Los chicos a menudo maduran más tarde que las chicas, aunque no parece que sea así en tu caso. Ahora, date la vuelta y deja que te ayude a abrocharte el vestido.

—Puedo yo sola.

—Date la vuelta.

Nell lo hizo simplemente porque era más fácil que discutir.

—Está atascada —añadió él.

—Eso te lo podría haber dicho yo porque...

Se detuvo en seco cuando los dedos de Luis rozaron la piel desnuda de su espalda. El contacto le produjo una serie de agradables sensaciones por todo el cuerpo.

—Ya casi lo tengo. Ya está.

—Gracias —musitó ella sin mirarlo.

Nell se tomó un poco del café que él había llevado y uno de los deliciosos bollos. Entonces, llegó el temido momento de meterse en el coche con él.

Cuando Luis le preguntó si estaba lista para marcharse, Nell respiró profundamente y esbozó una sonrisa.

—Cuando tú lo estés —dijo alegremente.

—Intenta no preocuparte por Lucy —comentó él mientras Nell se ponía el cinturón.

—No estoy preocupada –respondió.

Ése era precisamente el problema... hasta que él no había mencionado a su sobrina, Nell no se había dado cuenta de que no había pensado en Lucy en toda la mañana.

Capítulo 10

SÓLO tardaron media hora en alcanzar la casita. Nell se pasó la mayor parte de ese tiempo con la cabeza fuera de la ventana. Sin embargo, el desagradable silencio que reinaba en el coche hizo que aquél pareciera uno de los trayectos más largos de su vida.

De vez en cuando, se volvía para mirar el perfil de Luis. Cada vez que lo hacía, comprobaba que él mantenía una actitud distante y remota.

Mejor así. Era mejor mantener las distancias para no tener que enfrentarse a las letales sonrisas de Luis. No obstante, a ella le abría gustado que él se fijara en ella también.

No tenía modales.

La carretera en la que estaban viajando se dividió en dos. Luis tomó el desvío de la derecha, lo que les condujo a una verja de hierro forjado que estaba abierta de par en par.

—¿Ya hemos llegado?

—Sí.

Nell miró a su alrededor. Jamás se le habría ocurrido llamar «casita» a la vivienda que se alzaba frente a ellos. La casa que ella había vendido y que se había anunciado como «casa familiar espaciosa» era cuatro veces más pequeña que la *casita*. Constaba de una

sola planta y estaba construida en piedra al estilo mediterráneo.

Ciertamente, resultaba muy apropiada para ser un
nido de amor.

–Ésa es la casita.

–Bien. Espero que, después de todo, estén aquí.

Luis, al que no había pasado desapercibido el hecho de que no hubiera coche a la puerta, esperó que
ella no se desilusionara. Se guardó aquel detalle para
sí y observó como ella salía corriendo del coche en
dirección a la puerta principal de la casa.

Nell buscó un timbre, pero, como no lo pudo encontrar, golpeó la puerta con el puño. La puerta se abrió
inmediatamente hacia dentro, y ella estuvo a punto de
caer al interior.

Se dio la vuelta y miró hacia el coche. Vio que
Luis seguía sentado allí, observándola. Ella sacudió
la cabeza sin comprender la total falta de urgencia
que él presentaba.

–¡Está abierta! –gritó. Entonces, entró en la casa
gritando también el nombre de su sobrina.

Luis respiró profundamente antes de entrar por la
puerta principal que ella había dejado abierta. La última vez que había estado en aquella casa había sido
después del entierro. En aquella ocasión, había jurado
que jamás volvería a entrar por aquella puerta. Sin
embargo, allí estaba. Muy pocas cosas habían cambiado, a excepción de la cruda intensidad del dolor
que sintió entonces.

¿Qué era lo que había esperado sentir? ¿Dolor?
¿Melancolía? ¿Nostalgia? Simplemente, había esperado sentir más. Ese hecho después de la traición

emocional de la noche anterior sólo servía para inten-
sificar su sensación de culpabilidad.

Acababa de entrar en el recibidor cuando Nell reapareció. Tenía la respiración acelerada y los rasgos
llenos de ansiedad y frustración. La ira brillaba en sus
ojos cuando lo miró.

–Aquí no hay nadie. ¡Dijiste que estarían aquí! –lo
acusó–. Y lo peor de todo es que yo te creí.

–Te dije que probablemente estarían en este lugar
–le corrigió él–. Estuvieron aquí o alguien estuvo...

–¿Qué eres? ¿Vidente?

–Hay huellas recientes de los neumáticos de un coche en la grava de fuera.

–Eso no nos ayuda en absoluto. No te quedes ahí
parado. Haz algo.

–¿Qué es lo que quieres que haga, Nell?

–Yo creía que tú siempre sabías lo que había que
hacer.

–En lo que se refiere a ti, lo que yo hago siempre
está mal –comentó él secamente.

–¡Como si a ti te importara mi opinión! –exclamó
ella.

–Yo...

–¡Luis! ¿Qué estás haciendo aquí?

Al escuchar su nombre, Luis giró la cabeza.

–Buenos días, Felipe.

Nell se dio la vuelta también y vio que en la puerta
había un hombre joven, vestido con vaqueros y camiseta como Luis. Ahí terminaba el parecido. El recién
llegado tenía una constitución más ligera. Llevaba ga-
fas y tenía el cabello largo, casi por el hombro, lo que
le daba un aspecto de estudiante ligeramente desarra-
pado.

–Te estaba buscando.

–¿Sí? –preguntó Felipe. Parecía confuso–. ¿Habíamos quedado en algo? Se me ha olvidado. Yo creía que tú ya no venías por aquí. No he entrado en el estudio.

–Está vacío, Felipe –explicó Luis. Le había parecido mal ocultar el talento de Rosa bajo polvorientos trapos. Su trabajo estaba expuesto permanentemente en una galería en Valencia.

–¿Él es Felipe? –preguntó Nell–. ¿Tú eres Felipe? Como no entendía de lo que estaban hablando, no pudo concretar la identidad del recién llegado.

–Sí. Éste es Felipe. Felipe, te presento a Nell Frost. El muchacho abrió los ojos de par en par.

–¿Eres Nell, la tía de Lucy?

–Sí, soy la tía Nell. Ahora, ¿dónde está Lucy?

–No lo sé –respondió el muchacho.

–Te ruego que no juegues conmigo. Mi paciencia no es infinita.

–Su paciencia es inexistente –comentó Luis.

–¿Te importa? –le espetó ella–. Estoy hablando con tu primo. Ahora, Felipe, ¿qué has hecho con Lucy?

–No he hecho nada con ella. Lucy... No sé. Le juro que no lo sé. Se marchó en el coche anoche y me dejó aquí. Dijo que se marchaba a su casa. No lo comprendo. Me dijo que me amaba y ahora, ahora me dice que no está preparada para casarse y... –susurró Felipe. La voz se le quebró y se ocultó el rostro entre las manos.

Nell suspiró aliviada.

–¡Gracias a Dios!

–¡Yo la amo! –exclamó Felipe, que parecía tener el corazón destrozado.

Nell se sintió afectada por la angustia del muchacho. Miró a Luis y le pidió en voz baja que hiciera algo. Él se encogió de hombros y siguió mirando a su primo con una mezcla de desagrado e irritación.

Luis parecía no tener corazón, pero ella sabía que no era así. ¿Había llorado cuando su esposa murió?

Apartó inmediatamente aquel pensamiento. Sabía que aquella clase de divagaciones podrían llevarla de nuevo a un lugar peligroso. Entonces, se acercó a Felipe y le dedicó una sonrisa.

—Por supuesto que la amas —susurró para tranquilizarlo—. Venga, venga...

Sus palabras sólo consiguieron que Felipe llorara abiertamente.

—¡Ya está bien, Felipe! —exclamó Luis. Entonces, comenzó a hablar a su primo en español.

El muchacho respondió en el mismo idioma antes de volverse a Nell y decirle suavemente:

—Lo siento mucho, señorita Frost, por haberle causado tanta preocupación —dijo. Entonces, se volvió a Luis, quien asintió casi imperceptiblemente.

Nell se volvió para mirar a Luis.

—¿Le has pedido que me dijera eso? —le preguntó—. ¡Dios Santo!

—¿Y si lo he hecho, qué?

—Este pobre muchacho no es una marioneta —replicó ella. Se volvió a Felipe, que parecía algo asombrado por su reacción—. Ignórale a él y dime qué es lo que pasó.

—Estábamos enamorados...

—Bueno, esa parte no —dijo Nell—. Me gustaría saber por qué estás aquí solo, Felipe. ¿Acaso os peleasteis? ¿Cuándo se marchó Lucy?

—Ella cree que tuvisteis una pelea y que has enterrado a Lucy en el jardín —bromeó Luis.

—¿Te puedes estar callado? —le espetó ella—. O te enterraré en el jardín.

Luis la miró con un aire de sincera inocencia que sacó de quicio a Nell.

—Eres completamente imposible.

Luis sonrió e inclinó la cabeza a modo de saludo. La tensión que había habido entre ellos se deshizo notablemente.

—Gracias.

Nell se sorprendió devolviéndole la sonrisa. Inmediatamente, apretó los labios.

—No ha sido un cumplido —replicó.

Felipe, que evidentemente no entendía nada, sacudió la cabeza.

—Yo jamás le haría daño a Lucy.

—Por supuesto que no, Felipe.

—Se marchó esta mañana... Creo.

Nell, que ya no podía contener la impaciencia, lo interrumpió. Sólo esperaba que su sobrina no se hubiera metido en más líos.

—¿Crees? ¿Es que no lo sabes?

—En realidad, no. Se marchó mientras yo estaba dormido —dijo mientras se sacaba un papel arrugado del bolsillo—. Me dejó una nota y se llevó el coche. Me quedé aquí colgado...

Luis le interrumpió.

—¿Y tu teléfono? —le preguntó. Entonces, miró a Nell—. Aquí sí que hay cobertura.

—Estaba en el coche cuando Lucy se marchó.

—¿Y te dejó aquí tirado? —exclamó Nell, incrédula.

—Parece que tu sobrina es una joven... con muchos recursos, querida mía.

—No me llames así —le espetó ella—. Estoy segura de que Lucy no quería dejarte tirado.

–No, no, claro que no –comentó Felipe–. Me dijo en la nota que siempre recordaría con cariño el tiempo que hemos pasado juntos. Esto no fue tan sólo un amor de vacaciones para ella.

–¿Te dijo Lucy adónde se marchaba? Estoy segura de que debía de estar muy disgustada. Podría necesitar...

–¿Crees que te podría necesitar? –le preguntó Luis con sorna–. No lo creo, querida. Acéptalo. Tu sobrina es una joven muy capaz de cuidar de sí misma. Seguramente ya estará en el aeropuerto.

Nell apartó la mirada de Luis y la centró en Felipe.

–¿El aeropuerto?

Felipe asintió.

–Sí. Puso los datos del vuelo en la nota.

–¡Qué carta más romántica! –comentó Luis.

Nell apretó los dientes.

–No digas ni una palabra más –le espetó. Entonces, se volvió a Felipe.

–Lucy dijo que, si no lograba tomar ese vuelo, se perdería... –comentó, tras consultar la arrugada hoja de papel– no lo entiendo, la semana de algo. Ahora, si me perdonáis, yo...

Con eso, volvió a salir por la puerta y la cerró cuidadosamente a sus espaldas.

Nell se cruzó de brazos. Con ese gesto se levantó ligeramente el pecho, lo que no pasó desapercibido para Luis.

–¿Estás contenta ya? Parece que tu sobrina no es la muchacha romántica que tú pensabas, sino más bien pragmática.

Nell, que era consciente de que Lucy no salía muy bien parada de aquella situación, se puso a la defensiva.

–Supongo que tú crees que se ha portado mal.

–No lo he pensado. La verdad es que no tengo ningún interés en particular por tu sobrina. Ella tan sólo fue el medio para alcanzar un fin.

Ese final no habría debido incluir una pérdida total de control por su parte ni la experiencia erótica más arrolladora de toda su vida.

Nell se miró el anillo que llevaba en el dedo. Sólo Dios sabía cómo, pero a ella se le había olvidado la razón de la presencia de Luis allí. Estaba cumpliendo su parte del trato. Ella, por su parte, le había dado mucho más de lo que el contrato le exigía.

–Tendrás tu dinero, así que no te preocupes. Supongo que ni siquiera te importa que tu primo tenga el corazón roto.

La facilidad con la que ella creía lo peor de él le produjo un brillo de acero en la mirada.

–Sí, claro. Ya tengo mi dinero.

La peculiar inflexión de su voz hizo que ella volviera a preguntar.

–¿Acaso no es así?

Luis no contestó.

–En cuanto a Felipe –dijo él, consciente de que le había dado a Nell Frost pocas razones para pensar bien de él–, me gustaría pensar que ha aprendido algo de esta experiencia, pero lo dudo.

–¡Dios, eres tan duro!

–Y tú una inconsistente. Estamos hablando de la persona que llevas maldiciendo las últimas veinticuatro horas y ahora... hasta parece que le quieres dar un beso.

Los ojos de Nell se prendieron a la sensual línea de la boca de Luis. Ella tragó saliva y perdió la concentración. Permitió que sus pensamientos se marcharan a un lugar en el que el cuerpo de Luis yacía, cálido y pesado, encima del de ella. Un lugar en el que la lengua realizaba eróticas incursiones en su boca.

Durante un largo instante, Nell se olvidó de respirar. Sólo recordó que tenía que hacerlo cuando la nube sensual que le nublaba el cerebro comenzó a levantarse. Luchó frenéticamente por tomar aire y, entonces, cometió el fatal error de permitir que sus ojos volvieran a conectar con los de Luis.

Él la miraba como si supiera lo que estaba pensando. El corazón de Nell comenzó a latir apresuradamente y ella sintió que el rubor le cubría las mejillas. Parecía como si le estuviera diciendo que ella le pertenecía para que la tomara cuando deseara.

Durante un instante, pensó que Luis podría aceptar la invitación.

Él dio un paso adelante y la miró con el rostro privado de todo sentimiento.

—Te aseguro que no voy besando a todo el mundo por ahí.

—Imagínate lo privilegiado que me siento.

Nell ignoró aquel desagradable comentario.

—Ahora que he visto a Felipe, me doy cuenta de que él es...

—¿Patético?

—¿Tienes que hablar de él en esos términos?

—Sí —respondió secamente él—. No me importa que Felipe sufra, porque estoy seguro de que eso le ayuda a formar carácter, pero preferiría que lo hiciera en privado y en silencio.

—¿Porque los hombres de verdad no lloran? No, claro que no. Deben ser fuertes y silenciosos como tú. Dios, siento pena por tu hijo si algún día tienes uno. ¡Tienes la sensibilidad de un ladrillo! —le gritó.

Luis la miraba como si su rostro estuviera tallado en piedra.

De repente, Nell comprendió que no estaba enfadada con Luis porque no pareciera sentir nada por su primo, sino porque no sentía nada hacia ella.

Abrió los ojos de par en par ante la implicación de aquel descubrimiento. Dios sabía que no tenía ningún derecho a esperar nada de él. No tenía derecho a esperar que él sintiera algo. Ella no sentía nada. La noche anterior no había tenido nada que ver con los sentimientos. Había sido un momento de locura. No había dejado de repetirse que lo de la noche anterior había sido algo que sólo ocurriría una vez, pero en secreto sabía que deseaba más.

–Yo...

Cuando Nell levantó la mirada, Luis se detuvo en seco. La ira que sentía se desvaneció por completo para dejar paso a una ternura que lo sorprendió completamente.

La sorpresa por la intensidad de sus sentimientos hizo que la voz de Luis sonara dura cuando la agarró por el brazo y la animó a sentarse en una silla.

–Siéntate antes de que te caigas.

–¿Quieres dejar de decirme lo que tengo que hacer?

–¿Qué es lo que pasa?

Nell lo miró y pensó que debería decirle que quería algo de él, pero no tenía intención alguna de poner voz a sus sentimientos. Había perdido la cabeza, pero no hasta ese punto. Además, no sabía qué más era exactamente lo que quería de él. No obstante, aunque hubiera podido ponerle nombre, no tenía derecho alguno a pedir nada.

–Nada.

A pesar de tener una vida social limitada, Nell no había sido virgen hasta los veinticinco por falta de oportunidades, sino por elección. Simplemente no estaba equipada para tener relaciones sexuales sin una implicación emocional. No se consideraba chapada a la antigua. No había que avergonzarse por tener un deseo sexual saludable. Simplemente ella no lo había tenido... ¡o eso era lo que había pensado!

Volvió a contemplar la sensualidad de la boca de Luis. Tragó saliva y se colocó una mano en el pecho, como si aquel gesto sirviera para contener las eróticas imágenes que se le agolpaban en el pensamiento.

Evidentemente, Luis tenía lo que a ella le faltaba: la capacidad para separar sus necesidades sexuales de las emocionales. Respiró profundamente. Podría haber sido peor aún. ¡Se podría haber enamorado de él!

La carcajada que se le escapó de la garganta sonó al borde de la histeria. No era de extrañar que él la estuviera mirando como si estuviera loca.

—Deja de mirarme así —le dijo.

Luis, que siempre salía con mujeres que le sonreían y le decían que era maravilloso, por algún extraño motivo, se encontró sorprendido por el hecho de que no le disgustaban los modales de Nell. Seguramente era la novedad.

Tenía más espinas que un erizo, aunque no le había parecido que pinchara cuando la tenía entre sus brazos. Le había parecido suave y tierna. Respondía a sus caricias sin reservas. Se había entregado sin esperar nada a cambio y sin reservas.

Luis sintió un profundo deseo de volver a experimentar aquella suavidad allí mismo, en la casa que había compartido con Rosa. Sintió vergüenza por su debilidad.

–¿Cómo?

–Como si me estuvieras evaluando –lo acusó ella. Luis no lo negó y siguió mirando–. ¿Qué? –añadió. Se sentía muy nerviosa por aquel escrutinio, pero se puso aún más por el modo en el que él respondió.

–El sexo fue muy bueno. Mejor que bueno –dijo. Añadió algo en español que sonaba muy sensual y que seguramente era indecente. Nell se alegró de no comprenderlo.

–Yo no tengo nada con lo que compararlo, pero no fue algo que vaya a olvidar rápidamente.

–Yo tengo mucho con lo que compararlo...

–Te ruego que no me des detalles. Tengo un estómago muy sensible.

–¿Qué estás haciendo? –preguntó él cuando vio que Nell empezaba a tirarse del anillo.

–¿A ti qué te parece? Estoy tratando de quitarme este maldito anillo...

–Yo tampoco lo olvidaré.

Nell levantó la cabeza inmediatamente. Las mejillas se le habían teñido de rosa.

–Supongo que te estás preguntando por qué me acosté contigo. Yo lo he estado pensando.

–Yo también.

La profunda voz de Luis hizo que el estómago le diera un vuelco, pero ella decidió ignorarlo y apartar las eróticas imágenes que aquel sencillo comentario había evocado.

–No... No...

–Pero si has sido tú quien ha sacado el tema...

Nell lo miró a los ojos.

–Si hubiera tenido la intención de seducirte, diría que lo siento. Si te hubiera engañado deliberadamente, te diría que lo siento, pero no hice ninguna de las dos cosas y no voy a disculparme –añadió con fiereza–, por un instante de absoluta locura.

Con eso, trató de levantarse, pero descubrió que las piernas no lograban sostenerla, por lo que tuvo que volver a sentarse.

–¿Tú lamentas lo que ocurrió?

Luis se respondió su propia pregunta. ¿Qué era lo que había que lamentar? Tal vez el hecho de perder la virginidad con un hombre al que apenas conocía en el suelo de un bosque, sin música, sin suave seducción. Tan sólo una explosión primitiva de deseo. La vergüenza le había dejado un sabor amargo en la boca.

Sin embargo, Nell había sabido tan dulce...

No había comprendido su inexperiencia. No había sospechado nada. Simplemente se había sentido aún más excitado. La única vez en su vida que había perdido el control y había tenido que ser con ella. Lo raro había sido que Nell no se marchara gritando por la montaña.

No lo había hecho.

Ella le había respondido con una pasión salvaje, sin límites, que había igualado la de él, como si el mismo fuego que le había calentado la sangre a él hubiera calentado también la de ella.

Ante tan dulces recuerdos, él no pudo controlar la respuesta de su cuerpo.

Nell pensó que una mujer podía perderse en aquellos ojos. La hipnotizaba el brillo de aquella mirada oscura. Respiró profundamente y apartó los ojos.

–Cuando algunas personas llegan a un punto de su vida que les da miedo, algunas personas prefieren enterrarse en el trabajo para evitar enfrentarse a ello –dijo ella–. Yo me monté en ese avión por lo que ha resultado ser una razón no demasiado buena. Luego me metí en la cama contigo, bueno, no en la cama, pero ya sabes lo que quiero decir. Estaba... En realidad, no estoy segura de cuál es el término psicológico para definir lo que hice o si existe...

—Estoy seguro de que sí existe.

—Lucy no necesitaba que la salvara. Tú me lo dijiste desde un principio. ¿Cómo te sientes al tener razón?

Luis guardó silencio.

—Puedes decir algo así como «ya te lo dije» –añadió–. Me apuesto algo a que lo estás deseando.

—¿Quieres saber lo que estoy deseando hacer, querida?

—¡No! –exclamó ella. Levantó las manos y se tapó los oídos.

La carcajada que él soltó hizo que la tensión desapareciera del ambiente.

—Mira, olvidémonos de los análisis. Lo hecho, hecho está. No hay razón para llorar por lo que ya no se puede cambiar.

—En ese caso, ya está. ¿Podrías dejarme en algún sitio en el que yo pueda tomar un taxi para ir al aeropuerto? –le preguntó ella. La sonrisa se le borró de los labios–. No volveré a verte.

—Nada es imposible.

—Bueno, no creo que nuestros caminos vuelvan a cruzarse a no ser que vengas a la biblioteca a tomar prestado un libro.

Luis bajó la mirada con lenta deliberación, gesto que hizo que Nell levantara las manos para protegerse el vientre.

—O que estés esperando un hijo mío.

—Eso no va a ocurrir...

—Como tú dices, no es muy probable, pero creo que deberíamos permanecer en contacto.

—¿Por qué?

—Por si acaso...

«Por si acaso me despierto en medio de la noche y nadie más que tú puede calmar el dolor», pensó. Justo en aquel momento, un movimiento en la periferia de su visión hizo que Luis girara la cabeza.

—Podría haber algún retraso en lo de ir al aeropuerto.

—¿Por qué? —preguntó ella.

—Porque mi sensible y destrozado primo acaba de marcharse en el coche.

—¿Qué? —exclamó Nell. Se dirigió hacía la ventana y llegó a tiempo de ver una nube de polvo—. ¡No puede hacer eso!

Capítulo 11

L O HA hecho.
  —¡Será idiota!
  —¿Es ése el modo de hablar sobre un joven tan sensible? —bromeó él.

—¿Y ahora qué hacemos? —preguntó ella tras lanzarle una mirada de irritación.

Luis se sacó un teléfono móvil del bolsillo.

—Nos organizaré otro medio de transporte. Sugiero que aproveches el tiempo para refrescarte un poco.

Nell se llevó una mano al cabello.

—Debo de tener un aspecto horrible.

—Estás... —dijo él, interrumpiéndose al tiempo que una extraña mirada le cruzaba el rostro—. Estás bien.

Entonces, comenzó a marcar un número en su teléfono. Ella aprovechó la oportunidad para marcharse a buscar un cuarto de baño.

La primera puerta que probó estaba cerrada, la segunda era un dormitorio con un cuarto de baño dentro. Era grande y lujoso, con una bañera de estilo antiguo en la que podría haberse bañado un ejército entero. ¿La habría compartido Luis alguna vez con alguien?

Rechazó aquella pregunta. Decidió que cuanto antes abandonara España, mejor. ¡Se estaba convirtiendo en una especie de adicta al sexo!

Una mirada en el espejo reveló que Luis no había

sido muy sincero. Bien desde luego que no estaba. Tenía un aspecto terrible

–Bueno, no podemos hacer mucho, pero al menos lavarnos como los gatos sí.

Se mojó las manos y se las pasó por el cabello. Luego, se alisó la ropa, que tenía manchada y sucia, pero se escandalizó ante el resultado.

Llenó el lavabo de agua y se dispuso a reparar algunos de los daños más superficiales. Los resultados supusieron una mejora, aunque la marca negra que tenía en la mejilla y que se pasó mucho tiempo frotando resultó ser un hematoma y no suciedad.

–Más no se puede hacer –le dijo a su reflejo en el espejo.

Con eso, respiró profundamente y salió de la habitación. Se dirigió directamente al salón, pero Luis ya no estaba allí. Estaba a punto de salir a buscarlo cuando el sonido de voces la atrajo a la ventana.

Luis estaba en el exterior hablando con un hombre que tendría aproximadamente su misma edad. Los dos estaban junto a una furgoneta. Aquella imagen debería haberla alegrado, pero se sintió derrotada.

En aquel momento, Luis giró la cabeza y la vio en la ventana. Entonces, le indicó con la mano que saliera para unirse a ellos.

En el exterior, la suave brisa que soplaba desde el mar era muy fresca y agradable. Nell se dirigió a los dos hombres. Ellos pararon de hablar cuando ella se acercó. El desconocido sonrió mientras Luis lo presentaba.

–Es Francisco. Ha venido a ayudarnos.

–Me alegro de conocerla, señorita Frost. ¿Conoce a Luis hace mucho tiempo?

–No. No hace mucho –dijo ella simplemente.

Luis le dijo algo en español a Francisco. Entonces, se volvió hacia ella y añadió:

–Voy a cerrar la casa. Espera aquí.

Nell levantó una mano y realizó un saludo militar al tiempo que entrechocaba los talones.

–¡Sí, señor!

Luis sonrió. Entonces, volvió a repetir la frase.

–Quédate aquí, por favor.

Francisco, que había observado el intercambio con interés, esperó hasta que Luis hubo desaparecido en el interior de la casa para tomar la palabra.

–Me alegro de que Luis haya traído a alguien aquí. Hace mucho tiempo. No es bueno –musitó el hombre–. Había convertido este lugar en una especie de sitio sagrado.

Entonces, añadió algo en español, pero lo único que Nell comprendió fue «Rosa».

–En realidad –prosiguió Francisco–, esta casa siempre fue más de Luis que de Rosa. Se parecía demasiado al hogar del que ella quería escapar. Rosa era una chica de ciudad. Solía decir que el aire de la ciudad alimentaba su vena artística, aunque le encantaba la luz que tenía en el estudio de esta casa. Para Luis, volver a reconstruir este lugar prácticamente piedra a piedra fue un gesto de amor. Yo le ayudé un poco.

Nell abrió los ojos. Por fin comprendía por qué él se había mostrado reacio a entrar en la casa. Allí era donde había vivido con su esposa.

–Aunque todo el mundo sabe que Luis lo heredará todo cuando doña Elena muera...

–¿Sí?

–Por supuesto. ¿Quién iba a heredar si no? ¿Felipe? En el hipotético caso de que él perdiera todo su dinero mañana, creo que, si tuviera que elegir un lugar que mantener intacto, sería este lugar. No vale mucho económicamente, pero tiene muchos recuerdos.

–No parece un hombre muy sentimental. ¿Conoció usted a Rosa?

–Soy su hermano. Pensé que lo sabía.

–Lo siento, no.

–No se preocupe. Me parece bien que esté aquí con usted –comentó él. Evidentemente, había malinterpretado la incomodidad de Nell–. Llevo años diciéndole a Luis que no puede vivir en el pasado. Necesita una mujer y el hecho de haber vuelto aquí con usted es, evidentemente, su manera de olvidarse de viejos fantasmas. Parece que es usted buena para él.

Nell se sonrojó y negó con la cabeza.

–No, no. Yo no soy su pareja... Soy...

Pensó en el anillo que llevaba en el dedo y cerró la boca. Si empezaba a dar explicaciones, sólo conseguiría empeorar las cosas.

Francisco sonrió. Le tomó la mano entre las suyas y se inclinó suavemente sobre ellas.

–No se preocupe por mí. Lo entiendo... Su secreto está a salvo conmigo.

–No hay secreto –prometió ella. No se atrevía a imaginarse lo que Francisco estaba pensando.

–Cuando estén dispuestos para hacerlo público, yo seré el primero en brindar por ustedes. Aprecio mucho a Luis y tengo mucho por lo que darle las gracias, pero ya conoce usted a Luis. Cuando hace algo por alguien, no le gusta que se sepa –dijo–. Crecimos juntos. Luis, Rosa y yo. Nuestra familia lleva años arrendando tierras de la finca. Mi padre sigue teniendo una granja cerca del castillo. Yo me hice cargo de las viñas que están a poco mas de kilómetro de aquí hace unos cinco años. Las inversiones de Luis han significado... Bueno, digamos que estoy en deuda con él. Siempre supe que él sería un hombre de éxito, pero lo mejor de Luis es que no se olvida de sus viejos amigos por muchos millones que gane.

¿Millones? Antes de que Nell pudiera abrir la boca para pedir más detalles, Luis reapareció.

−¿Lista para marcharte?

Nell, que no había oído que él se acercaba, se dio la vuelta y vio que la mirada de Luis estaba prendida de las manos de Francisco, que aún tenía agarrada la suya. La expresión de aquellos ojos oscuros fue abiertamente hostil.

Ella se sonrojó y apartó la mano inmediatamente. No obstante, decidió que no quería sentirse culpable. No había nada por lo que arrepentirse. Observó con frialdad a Luis y lanzó una cálida sonrisa a Francisco.

−Era yo la que estaba esperando −comentó.

Francisco, que ignoraba lo que ocurría entre los dos, sonrió.

−Espero que volveré a verla muy pronto −dijo. Entonces, le dio a Luis una palmada en la espalda.

Nell pensó en el viaje de vuelta a solas con Luis y sintió que el alma se le caía a los pies.

−¿No va a venir con nosotros?

−Mi casa está muy cerca de aquí. Luis ya me enviará la furgoneta −afirmó. Tomó la mano de Nell y le besó el reverso cortésmente. A continuación, se marchó en la dirección que había indicado.

En la furgoneta, Luis esperó a que ella se pusiera el cinturón antes de arrancar el motor. Después de hacerlo, volvió a desconectarlo de nuevo.

–Déjame adivinar –bromeó ella–. ¿Nos hemos quedado sin gasolina?

–Está casado –dijo él.

–¿Cómo dices?

–Francisco está casado.

–¿Y por qué me estás diciendo eso?

–Bueno, vi que estabas muy a gusto con él.

Nell lo miró con frialdad.

–¡Qué elegantemente lo has expresado! Mucho más que acusarme simplemente de ser una zorra. Tal vez te sorprenda saber que puedo sonreír a un hombre sin arrancarle la ropa.

–A mí no me sonreíste y me las arrancaste de todos modos.

–Francisco es un caballero –le espetó ella–. Tú eres un bárbaro.

Casi no podía controlar la violenta profundidad de sus sentimientos. Todo lo que sentía sobre Luis parecía ser extremo.

Él tensó la mandíbula cuando sus miradas se cruzaron. Nell tuvo que echar mano de toda su fuerza de voluntad para no encogerse en el asiento. Efectivamente, él no parecía un caballero en aquellos momentos.

Entonces, ¿por qué el pulso se le había acelerado por la excitación? Tal vez le gustaban demasiado los hombres de hermosas bocas que se comportaban como bárbaros.

Luis la miró durante un largo instante antes de volver a arrancar el coche. Metió la marcha y gruñó:

–Tal vez tú sacas el bárbaro que hay en mí.

Capítulo 12

LLEGARON al castillo a primera hora de la tarde. Desde el acalorado intercambio de palabras antes de abandonar la casita, Luis no había pronunciado palabra.

Nell, por su parte, tampoco se había sentido inclinada a iniciar una conversación dado que las conversaciones, incluso las que implicaban temas aburridos y seguros como el tiempo, de algún modo desarrollaban connotaciones sexuales.

¿Por qué de repente todo tenía que ver con el sexo? La fragancia de su cálido cuerpo. La barba que le cubría la barbilla. Aquellas pestañas tan largas... Nell decidió que aquél era uno de los grandes enigmas de la vida. O eso, o había perdido la cabeza.

Se preguntó qué iba a ocurrir a continuación. ¿Iba a ponerla en un taxi para que la llevara al aeropuerto o esperaría que compartiera su cama? Un escalofrío le recorrió la espalda al pensar en la última posibilidad. ¿Aceptaría ella si él se lo proponía?

Abrió los ojos de par en par. El hecho de que se hubiera hecho aquella pregunta, aunque fuera hipotéticamente, revelaba que había habido un gran cambio en ella en las últimas veinticuatro horas. No era que pudiera empeorar las cosas si se acostaba con él. Se marcharía igualmente al día siguiente. Y lo deseaba.

¿Por qué negarlo cuando no podía pensar en otra cosa?

El hecho de reconocerlo provocó que ella emitiera un pequeño gruñido. Luis, que acababa de desconectar el motor, giró la cabeza al escucharlo.

–¿Te encuentras bien?

–Sí, muy bien. Sólo estoy algo... seca. Estaré estupendamente después de una taza de té... si... si no es demasiada molestia.

–¿Quieres tomar té? –le preguntó él mirándola con perplejidad.

«Te deseo a ti».

–Te lo agradecería mucho..

Luis siguió mirándola como si pudiera ver lo que ella estaba pensando.

Cuando Nell consiguió romper el contacto visual, sentía que el sudor le humedecía el labio superior. El ambiente del coche rezumaba tensión.

–Dios... Estoy entumecida. Me vendrá bien estirar las piernas.

Prácticamente se cayó del coche en su esfuerzo por escapar. Permaneció allí unos segundos, respirando profundamente. Se había pasado la mayor parte de su vida adulta sin sexo y, en aquellos momentos, no podía pensar en otra cosa.

Escuchó que Luis salía también del coche y se reunía con ella. No giró la cabeza, pero supo que él estaba a sus espaldas. La sensible piel del cuello se le erizó al sentir su presencia. Era tan consciente de Luis, de la textura de su piel, del sonido de su voz... Cerró los ojos. ¿Qué le estaba ocurriendo?

Si alguien le hubiera dicho veinticuatro horas antes que le resultaría imposible respirar porque había un hombre cerca de ella, se habría echado a reír.

Aquello era ridículo. Nell esbozó una sonrisa y se dio la vuelta. Entonces, con toda la alegría que pudo fingir, dijo:

—Bueno, ya estamos aquí.

—Sí.

La voz de Luis no tenía nada de alegre. Era ronca, seductora, lo que le produjo una violenta contracción de los músculos del estómago.

Allí de pie, con un pulgar enganchado en la cinturilla de los vaqueros, la brisa revolviéndole el cabello oscuro, parecía un hombre completamente relajado. Hasta que se le miraba a los ojos. No estaban relajados. Eran oscuros, pero ardían con una ira evidente.

El aire entre ambos vibraba de deseo. El calor envolvió a Nell al tiempo que un violento anhelo sexual la dejaba completamente inmóvil y le cortaba la respiración. Dijo lo primero que se le vino a la cabeza.

—¿Por qué no me dijiste que la casita era tu hogar? Tuyo y de tu esposa.

—No me pareció relevante.

—Era la primera vez que regresabas. Es muy especial para ti.

—Es tan sólo un lugar.

—Sí, pero es un lugar especial.

La insistencia de Nell estaba empezando a enojarle.

—Lo que hice o sentí antes de que nos conociéramos no te importa, Nell.

Ella parpadeó. ¿Estaba Luis diciendo que lo que hacía y sentía en aquellos momentos sí le importaba? No pudo preguntar porque, en aquel mismo instante, se acercó alguien al lugar en el que se encontraban.

—Ramón —dijo Luis tratando de ocultar su frustración e impaciencia mientras se volvía para saludar al otro hombre.

Ramón miró a Nell y asintió. Su curiosidad hacia ella pareció incrementarse cuando se fijó en el anillo que ella llevaba en la mano. Resultaba evidente que ese detalle le había dado que pensar. Extraña elección para el hombre que podía tener lo que deseara.

Nell tiró de él una vez más. No se lo pudo sacar.

—Si pudiera hablar contigo un momento, Luis...

—Por supuesto. No tardaré mucho —le dijo él a Nell.

No podía tardar. El viaje había sido un infierno. Luis no había podido dejar de pensar en la suave piel de Nell, en su boca..

Nell observó como los dos hombres hablaban. No podía oír lo que decían, aunque no lo hubiera entendido. ¿Le habría ocurrido algo a la abuela de Luis?

Luis no le dio oportunidad de preguntar. Cuando regresó a su lado, se limitó a decirle muy secamente que acompañara a Ramón.

—Iré a verte más tarde —dijo. Con eso, se marchó. Nell ni siquiera pudo desafiar el hecho de que él hubiera dado por sentado que ella estaría esperando.

—Señorita Frost...

El capataz le dijo que iba a acompañarla a las habitaciones privadas de Luis.

Nell se sintió incómoda, pero asintió y dijo:

—Llámame Nell, por favor.

—Es por aquí —dijo Ramón. Se hizo a un lado para permitir que ella caminara junto a él—. El castillo puede resultar confuso hasta que se conoce.

Nell lo siguió a través del laberinto de pasillos. Dudaba que, aunque pasara allí el resto de su vida, algo que evidentemente no iba a suceder, llegara a conocer bien aquel castillo.

Aquello no podía estar ocurriendo. Era un sueño. Un sueño, sí, pero un sueño que quería disfrutar al máximo antes de despertar. No era que esperara volver a revivir la salvaje pasión de la noche anterior, sino sólo que, si ocurría, no iba a resistirse. Iba a dejarse llevar.

¿Quería sexo sin complicaciones? ¿Podía hacer sexo sin complicaciones?

Entró en las habitaciones privadas de Luis a indicación de Ramón. Decidió que cuando tenía que elegir entre sexo sin complicaciones o nada de sexo, la decisión era fácil de tomar. La verdad era que, en lo que se refería a Luis Santoro, ella no tenía ni orgullo ni sentido común.

Se despidió cortésmente de Ramón y se quedó allí sola.

Lo primero que hizo fue buscar el cuarto de baño. Un par de minutos más tarde, se estaba dando una ducha. Cuando salió, se sentía mucho mejor. Se puso la ropa que se había quitado. ¿Qué elección tenía? Después de todo, tenía que tener puesto algo para que Luis pudiera quitárselo.

–Estás dando muchas cosas por sentadas, Nell Frost –le dijo a la imagen de sí misma que se reflejaba en el espejo–. Unas cuantas miradas ardientes no significan nada. Ya no estamos en medio de un bosque. Aquí hay otras opciones para pasar una velada. Incluso podría haber alguna buena película en la televisión –bromeó.

Salió del cuarto de baño tratando de no mirar la enorme cama que dominaba el dormitorio de Luis. Sonrió al ver la bandeja de té con bocadillos que la estaba esperando. Dos tazas. Evidentemente, Luis pensaba reunirse con ella en algún momento.

Después de tomarse un bocadillo y de servirse una taza de té, se sentó en el sofá y se dispuso a esperar.

No tuvo que hacerlo mucho. Cuando él entró en la sala, el corazón empezó a golpearle violentamente contra las costillas.

Al verla, él se detuvo en seco.

—Pareces tan joven...

Nell no estaba segura de si aquello era un cumplido o no.

—Gracias por el té —dijo, por responder de algún modo.

—De nada.

—Espero que no te importe que haya utilizado tu ducha.

Lo único que a Luis le importaba era que no hubiera estado allí para compartirla con ella.

—En ese caso, olerás mejor que yo.

—¿Se ha puesto peor tu abuela? —preguntó para saber si ésa era la razón de que él se hubiera demorado.

—No. Está muy bien. He tenido que ir a atender una llamada de mi despacho.

—¿Tienes un despacho?

—Varios.

—¿Eres rico?

Luis se metió las manos en los bolsillos y se encogió de hombros. Evidentemente, alguien había estado hablando.

—No soy pobre.

—Un millón arriba o abajo no cuenta —comentó ella. Cuando Luis no contestó, tragó saliva—. Creía que Francisco estaba exagerando —añadió. Entonces, se miró el anillo—. Esto no tenía que ver con el dinero de tu abuela. Me has estado diciendo la verdad desde el principio.

—¿Acaso debo disculparme por no mentir?

¿Se estaba mintiendo a sí mismo cuando se decía que aquello era sólo sexo? No estaba seguro de ello, por lo que decidió apartar el pensamiento.

Nell dejó la taza sobre la bandeja y estiró las piernas.

—Me lo podrías haber dicho. Sabías lo que pensaba y podrías haberme puesto en mi sitio en cualquier momento. Sin embargo, disfrutaste sintiéndote superior.

—Me dijiste que era una alimaña y tu opinión sobre mí cayó en picado a partir de ese momento. Supongo que me preguntaba cuánto podía bajar la opinión que tenías sobre mí —comentó. Se sentó frente a ella y estiró las piernas.

—A pesar de que pensaba que eras una alimaña, me acosté contigo.

—Es cierto —afirmó él—. ¿Y ahora que la opinión que tienes sobre mí no es tan baja...?

Nell decidió apartar los ojos del brillo de desafío sexual que relucía en los de él.

—Pareces agotado.

—Alguien no me dejó dormir anoche —murmuró él. Esperaba que le ocurriera lo mismo aquella noche.

Nell decidió volver a retomar de nuevo el tema original.

—Cuando me dijiste que no había dinero, ¿me estabas también diciendo la verdad?

—¿Yo te dije eso?

—Sí.

—Tienes la extraña capacidad de conseguir que yo diga cosas que no debería. Sí. Es cierto. No hay dinero. La finca no ha evolucionado con los tiempos y doña Elena siguió algunos consejos equivocados para invertir su dinero.

—¿La finca tiene problemas económicos? —preguntó ella sin ocultar su sorpresa. Nada de lo que había visto sugería descuido o falta de fondos.

—Hubo problemas. Ramón y yo decidimos que sería mejor no molestar a mi abuela con ellos. Hicimos gestiones para depositar fondos en algunas cuentas para cubrir los gastos. Donde era necesario, yo realicé algunas inversiones de capital para llevar a cabo programas de renovación.

—Es decir, no sólo no quieres el dinero de tu abuela, sino que llevas dándole el tuyo varios meses —dijo ella. De repente, se sintió muy estúpida.

—Ha sido más bien un proyecto a largo plazo.

—Años entonces.

—Así es —reconoció él, para sorpresa de Nell—. Quería ahorrar a mi abuela la humillación y el dolor de perder la finca que ha sido su vida. Me parecía que era lo menos que podía hacer por ella considerando que ha sido mi padre y mi madre desde que mis padres me dejaron con ella un año cuando se fueron de vacaciones y no volvieron a recogerme. En realidad, era comprensible. Un niño delgaducho y enfermo arruinaba verdaderamente su cosmopolita estilo de vida.

A Nell le costaba imaginarse a Luis como un niño enfermizo y no querido, pero le resultaba aún más difícil comprender cómo unos padres podían abdicar de sus responsabilidades y de su único hijo. Se preguntó cómo Luis podía recitar la historia sin rastro alguno de amargura.

—Aunque, para ser justos, para ellos era un trabajo. Se dedicaban a hacer documentales sobre viajes.

—No sé cómo nadie puede ser capaz de dejar a su hijo —susurró. De repente, se encontró odiando a dos personas que no conocía.

–Estoy seguro de que no puedes, pero no todo el mundo tiene tu sentido del deber.

Nell se puso de pie y se apretó una mano contra el pecho. La expresión de su rostro adquirió una intensa pasión.

–No tiene nada que ver con el deber, sino con el amor. Las personas que no saben eso no deberían tener hijos –añadió, mientras volvía a sentarse.

–Estaban, y están, muy centrados el uno en el otro.

–A mí me parecen más bien unos idiotas egoístas.

–Me parece recordar que tenías una imagen muy similar sobre mí.

–Tú eres un idiota... en ocasiones –admitió–, pero no dejarías que otra persona criara a tu hijo.

–No, Nell. No lo consentiría –dijo él, muy serio–. Pero no le di a mi esposa el hijo que tanto ansiaba. Creo que eso me hace más que egoísta.

–Te hace humano, estúpido.

–¡Vaya! La mayoría de la gente me considera bastante inteligente.

–Eso sólo demuestra lo ridícula que puede ser la gente. Tu esposa murió. No fue culpa tuya, ¿verdad?

–Un accidente de coche. Regresaba sola de Barcelona.

–Entonces, no fue culpa tuya. Tú estás vivo, Luis.

Él respiró profundamente. De repente, aquella afirmación le pareció más cierta que nunca.

–Así es.

Nell observó con el corazón latiéndole con fuerza en el pecho como él se acercaba. Se detuvo a menos de un metro de ella.

–Déjame que sea sincero contigo. Esta noche podría ir por dos caminos distintos. Primero, si lo deseas, podría hacer que te llevaran al aeropuerto y reservarte allí una habitación para que pasaras la noche. En segundo lugar, y ésta es la opción que yo prefiero, podrías pasar la noche aquí conmigo –dijo. Entonces, señaló con una inclinación la enorme cama que quedaba visible a través de la puerta abierta del dormitorio–. En esa cama.

Nell lo miró. Luego miró la cama. Y tragó saliva. El corazón le latía tan rápidamente que casi le resultaba insoportable.

–No voy a mentirte diciendo que siento cosas que no siento. ¿Lo comprendes, Nell?

–Lo comprendo.

–¿Y qué eliges?

–Me gustaría pasar la noche aquí contigo, en esa cama.

–Gracias a Dios.

Luis se levantó y se dirigió hacia ella.

De repente, Nell sintió que el pánico se apoderaba de ella. ¿Qué había hecho? ¿Qué estaba haciendo?

–Nuestro acuerdo...

–¡Tener relaciones sexuales no formaba parte de nuestro acuerdo! –exclamó él–. Estoy cansado del trato. Sugiero que lo tiremos por la ventana y volvamos a empezar.

–Sí, por favor.

Nell extendió las manos. Luis las tomó entre las suyas y tiró de ella hasta que sus cuerpos se unieron.

–No tienes ni la más mínima idea de lo mucho que me alegra que aceptaras la segunda opción –susurró.

Le rozó los párpados y las mejillas con los labios. Luego se concentró en la curva de su garganta antes de reclamar la boca con un apasionado beso que la dejó sin aliento.

–Demuéstramelo, Luis. Demuéstrame lo mucho que te alegras, por favor...

Luis le agarró la barbilla con una mano y la levantó hacia él. Nell sintió que él estaba temblando. Y sintió también la erótica huella de su erección contra el vientre.

–Te lo mostraré –le prometió mientras le acariciaba suavemente el cabello–. La otra vez...

Nell le tiró suavemente de la comisura de los labios con los dientes. Los alientos de ambos se mezclaron cuando ella se puso de puntillas.

–No tienes nada por lo que compensarme. Estuviste perfecto. Fue perfecto.

Entonces, apretó los labios contra los de él y los besó con fuerza.

Con un gruñido, Luis la tomó en brazos y la llevó al dormitorio. Allí, cayeron juntos en la cama. Entre suaves gruñidos, desesperados gemidos y suaves susurros, se desnudaron mutuamente con una torpeza nacida de la propia desesperación. Por fin, estuvieron desnudos el uno frente al otro.

Nell levantó una mano y, con los ojos oscuros por el deseo, deslizó un dedo por la angulosa mejilla de Luis hasta llegar a la boca.

–Tu boca es un verdadero milagro –susurró. Entonces, soltó una carcajada–. Y el resto tampoco está mal.

Luis no se rió. Tenía una mirada hipnótica y oscura, tan apasionada que Nell casi podía ver las llamas danzando en las aterciopeladas profundidades. De repente, él agarró los dedos y se los metió en la boca. Comenzó a chupárselos.

Aquella sensación tan erótica recorrió el cuerpo de Nell desde la cabeza a los pies. Cerró con fuerza los ojos. Se sentía flotando. De cintura para abajo era como si sus cuerpos se hubieran licuado.

Luis se sacó los dedos de la boca y los besó uno a uno, lentamente, antes de besar la boca de Nell. Apretó suavemente la rosada carne entre los dientes.

—He estado todo el día pensando en esto —confesó.

—Yo también.

Nell apretó más los ojos cuando él le introdujo la lengua entre los labios para demostrarle así toda su pasión.

—¡Dios mío, Luis! —exclamó ella cuando él rompió el beso.

—Puedes estar segura de que esta vez voy a hacer que sea bueno para ti.

—Estoy segura...

Luis se irguió sobre ella. Delicadamente, le apartó el cabello del rostro. Aquella ternura hizo que los ojos de Nell se llenaran de lágrimas. Simultáneamente, la oscura pasión que veía en los de él acrecentaba su deseo. Cuando él comenzó a besarle el cuerpo, moviéndose hacia abajo, arqueó la espalda. La respiración se le aceleró cuando Luis centró su atención en las zonas más íntimas. Aquellas eróticas caricias la empujaron muy cerca del clímax en varias ocasiones, pero en todas él se apartó. Por fin, cuando ella sentía que estaba a punto de explotar, la penetró, llenándola deliciosamente y convirtiéndose en uno con ella.

Cuando empezó a moverse dentro de ella, Nell le rodeó la cintura con las piernas. Cuando sintió las primeras oleadas del clímax, Luis cerró los ojos y se tensó. Entonces fue cuando escuchó que ella alcanzaba un potente orgasmo y la suave humedad de su feminidad se tensó rítmicamente alrededor de su miembro.

—Una vez más con sentimiento, querida...

Comenzó a moverse de nuevo, fundiéndose de nuevo con ella. Explotó al unísono con Nell. Ella perdió toda sensación de sí misma. Los dos eran uno.

–Ha sido... perfecto –susurró ella.

–Perfecto...

Después de la segunda vez que hicieron el amor, Luis se quedó profundamente dormido con Nell entre sus brazos. Sin embargo, el sueño la eludía a ella. Su mente no dejaba de pensar. Además, ¿quién quería dormir cuando podía emplear el tiempo mirando a Luis?

Se apartó un poco y colocó la cabeza sobre la almohada para poder ver cómo dormía. Su rostro la hipnotizaba. Una extraña emoción le atenazaba la garganta. Le fascinaban los detalles que quería memorizar. Los dedos, los poderosos músculos de los hombros, la red de cicatrices que le cruzaba el pecho oculta por el vello negro. ¿Sabría alguna vez qué las había causado?

Él se rebulló en sueños y murmuró algo en español. Nell se pegó más a él y moldeó su cuerpo contra los duros contornos del de él.

–Duérmete, cariño –le susurró suavemente al oído.

Sintió que la tensión de aquellos músculos se relajaba como si a un nivel subconsciente él hubiera escuchado sus palabras. Le aliviaba poder expresar sus sentimientos. Entonces, sin previo aviso, él abrió los ojos. Nell se quedó atónita porque parecía estar mirándola, pero ella sabía que estaba profundamente dormido.

–Rosa...

Sólo dijo una palabra. Luego, cerró los ojos sin saber que a su lado, una mujer lloraba en silencio de humillación y de angustia.

Una palabra podía cambiar tantas cosas...

¿Había estado él pensando en su esposa muerta cuando le hacía el amor a ella? Sintió un profundo asco.

Se apartó de él cuidadosamente y se sentó al borde de la cama. Se llevó una mano a los labios, Dudaba que alguna vez lograra librarse del sabor metálico de la humillación que tenía en la boca.

Se había sentido hermosa, especial y cómoda al lado de Luis. Toda aquella dulce ternura y después aquello. Era como ver el cielo y regresar de un golpe a la fría tierra.

Se envolvió con la sábana. Los labios le temblaban. No podía competir con un fantasma ni quería hacerlo. Su error había sido pensar que para Luis también había sido algo más que sexo.

Capítulo 13

NELL comprobó que el escucha bebés estaba encendido y se reclinó en su asiento para leer su libro. Llevaba diez minutos en la misma página y aún no se había enterado de nada de lo que decía. Nada podía distraerla de la introspección que le producían sus propios pensamientos, ni siquiera el hecho de que su hermano y su cuñada le hubieran dicho que su sobrino jamás se despertaba cuando se dormía y ya había subido cuatro veces la escalera.

Sabía que iba a tener que dar un giro a su vida en algún momento, olvidarse de lo ocurrido y seguir adelante, pero ese punto aún no había llegado.

Había pensado mucho en todo lo ocurrido antes de escribir a Luis. Un hombre se merecía saber que iba a ser padre, aunque la vida habría sido mucho más sencilla si él no lo hubiera sabido nunca.

No iba a resultarle fácil tener a Luis en su vida, aunque tan sólo fuera como padre a tiempo parcial de su hijo. De hecho, iba a ser un infierno. Sólo el hecho de imaginándoselo del brazo de una hermosa rubia mientras acudía a ver al niño había sido casi motivo suficiente para no echar la carta al correo. Sin embargo, en ocasiones, el hecho de tener conciencia era un verdadero inconveniente.

Tanto pensar no le había servido de nada. Había echado la carta hacía ya un mes, por lo que, incluso

permitiendo tiempo extra para las posibles inciden-
cias del servicio postal, Luis tendría ya que haberla
recibido. Desgraciadamente, hasta aquel momento su
respuesta había sido tan sólo un ensordecedor silencio.

Nell se dijo que se sentía aliviada. Estaba enojada
simplemente porque había pensado que él responde-
ría. Había creído que lo haría. Había creído en él y en
su integridad. Se había dado cuenta de que tan sólo
había sido una necia. Su desilusión era absoluta.

Dejó el libro y encendió la televisión. Bajó el vo-
lumen hasta que éste se convirtió en un ligero mur-
mullo.

Llevaba dos semanas en casa cuando se hizo la
prueba de embarazo. Las pruebas, más bien. Se había
hecho tres antes de aceptar el resultado. Aun así, había tardado en asimilarlo varios días, como si el hecho
de ignorar la situación pudiera hacer que ésta desapareciera.

Había conseguido enfrentarse a la verdad en la sala
de espera de la consulta del dentista. Había ido a hacerse una revisión cuando el dentista había decidido
que debía hacerse una radiografía rutinaria. La revista que había tomado mientras esperaba contenía
las fotografías de una fiesta benéfica que se había ce-
lebrado en Nueva York.

Nell reconoció algunos de los rostros famosos, entre los que se encontraba Luis. Era el único que no
sonreía, pero, a pesar de todo, parecía más digno de
estar en Hollywood que algunos de los que estaban
con él. Tenía la mano sobre la cintura de una joven
actriz. Si había estado fingiendo la adoración con la
que lo miraba, se merecía el Óscar que había ganado.

Era una locura pensar que algo así hubiera hecho

que comprendiera la realidad de su situación, pero así había sido.

En un mundo perfecto, el hecho de que una mujer descubra que está embarazada del hombre del que está enamorada debería ser el mejor momento de su vida. Un momento inolvidable. Para Nell, había sido como si un rascacielos se le hubiera desmoronado encima. No obstante, había comprendido que deseaba tener al niño y que lucharía por tenerlo. Era el niño de Luis.

Las lágrimas comenzaron a caerle por las mejillas. Se levantó, se dirigió a recepción y dijo:

–Lo siento, pero no puedo hacerme una radiografía. Estoy embarazada.

Entonces, antes de que la recepcionista hubiera podido responder, había salido huyendo.

Apartó los recuerdos y se recordó una vez más las ventajas de criar a un hijo en solitario. Cambió de canal y se dijo que su situación podría ser peor aún. Podría ser una de las invitadas de la fiesta con la que su hermano y su cuñada estaban celebrando su aniversario de boda en la casa de la hermana de Nell.

Cuando, en el último minuto, se supo que había un problema con la canguro, ella no se había sentido irritada por el hecho de que su hermana diera por sentado que ella sería la sustituta.

–A Nell no le importará.

Por una vez, no le importaba. Sin embargo, habría agradecido que se lo pidieran.

–Dios, Nell. Me has salvado la vida –dijo Kate, su cuñada–. ¿Estás segura de que no te importa? La agencia podría...

–No creo que te apetezca dejar a Stevie con una desconocida, Kate.

Kate se disculpó con la mirada ante Nell.

—No, claro que no, Clare, pero...

—Nell será la única sin pareja.

—En realidad, Clare, he invitado a Oliver Loveday. Es el nuevo socio de...

Eso fue más que suficiente para Nell.

—No, Kate. Me encantaría cuidar del niño y, además, no tengo nada que ponerme.

Nell apretó los dientes cuando las dos mujeres se echaron a reír como si hubiera dicho una broma divertidísima.

—Nell cree que la moda es comprarse una camiseta nueva.

—Y que los vaqueros se llevan una talla más grandes.

—Dos, si me los pasas tú, Clare —comentó Nell inocentemente.

Inmediatamente, vio que su hermana se ponía muy seria. Conocía la constante batalla que Clare tenía con su peso y se sintió como si fuera una canalla. A pesar de todo, le dolía que ninguna de las dos mujeres hubiera pensado en el hecho de que a Nell le gustaría la moda si tuviera dinero para gastárselo en ropa.

Alguien llamó a la puerta, lo que sacó a Nell de sus pensamientos. Pensó no hacer caso, pero luego decidió que la insistencia del que llamara podría despertar de nuevo a Stevie, por lo que se levantó enseguida. La última vez había tardado media hora en conseguir que el niño se durmiera y no quería que se volviera a repetir la situación.

—Voy, voy —musitó mientras se ponía las zapatillas. Una no se vestía para cuidar de un bebé. El desaliñado atuendo de Nell buscaba la comodidad—. He dicho que ya voy.

Abrió la puerta, aunque dejó la cadena echada. La casa de su hermano estaba en una zona bastante tranquila de la ciudad, pero nunca se podía estar suficientemente segura.

Una alta figura dio un paso al frente bajo la luz del porche. Ella, eso sí muy elegantemente, se cayó sobre el trasero.

Luis la miró muy preocupado. Comprendía su reacción, dado que a él había estado a punto de ocurrirle algo muy parecido cuando abrió la carta.

–Nell... ¡Nell!

Metió los dedos en la rendija de la puerta y trató de abrir. ¿Estaría ella herida? No se podía permitir el lujo de especular sobre las posibilidades. Al fin, consiguió forzar la cadena. La puerta se abrió y él sintió una oleada de alivio al ver que ella estaba consciente.

A pesar de que ella trataba de apartarlo con la mano, se dejó caer a su lado, de rodillas.

–Vete. ¡Estoy bien! ¡Deja de hacer eso! –exclamó, al notar que él comenzaba a explorarle clínicamente todo el cuerpo para ver si se había roto algún hueso. A pesar de que las manos la tocaban de un modo completamente puro, las reacciones de su cuerpo eran menos clínicas.

–No parece haber nada roto.

–Dame un minuto –dijo ella, cerrando los ojos–. ¿Qué?

Luis la levantó con un suave movimiento. Unos segundos después, ella estaba tumbada sobre el sofá de su hermano.

Nell trató de levantarse.

–¿Me quieres dejar en paz?

Luis colocó la mano ligeramente sobre el pecho de ella.

–Quédate quieta. Te has desmayado.

Ella le golpeó la mano y se incorporó sobre un codo.

–No me he desmayado en toda mi vida. ¡He dicho que te vayas! –exclamó. Consiguió apartar el brazo de Luis y sentarse en el sofá–. ¿Ves? Estoy perfectamente. Ahora, puedes irte.

–Te aseguro que no me voy a marchar a ninguna parte, Nell. Acabo de llegar.

–¿Qué es lo que estás haciendo aquí? –le espetó ella con voz poco amigable.

Luis se quitó el impermeable que llevaba puesto sobre su traje. La prenda relucía con la lluvia, igual que le ocurría a su cabello.

–Te estaba buscando.

Ya la había encontrado. No podía dejar de mirarla. Su memoria no le había engañado. Los ojos de Nell eran tan grandes como los recordaba y su boca igual de suave y sugerente.

La expresión del rostro de Luis no reveló en absoluto el deseo que se había despertado en su cuerpo tan sólo con mirar aquella boca.

–¿Cómo te sientes? –le preguntó. Se alegraba de ver que ella ya no estaba pálida, pero le parecía que presentaba un aspecto muy frágil. Se quedó asombrado al ver cuánto peso había perdido.

Nell no prestó atención a la pregunta. De todos modos, habría sido imposible responder. No había palabras que pudiera describir el cóctel de sentimientos que estaba experimentando en aquel momento.

–¿Dices que me estabas buscando? –preguntó Nell. A pesar de su intención de permanece con una actitud fría y distante, que no le permitiera a Luis saber todo el daño que le había hecho, ella no pudo evitar que la amargura y el resentimiento se reflejaran en su voz–. No me parece que lo hayas estado haciendo con mucha urgencia.

–¿Creías que yo había ignorado la carta?

–Y así ha sido.

–No la ignoré. Simplemente no la recibí.

–Si tú lo dices... –replicó ella con una sonrisa de desprecio.

–Claro que lo digo.

–Mira, en realidad no me importa si es de un modo u otro –mintió.

–Sí, ya lo veo. ¿Enviaste la carta al castillo?

Los ojos de Nell reflejaron incertidumbre.

–La envié al castillo... ¿y qué si la envié al castillo?

–Que no estaba allí. Si hubieras puesto que era urgente, me la habrían enviado. Sin embargo, como simplemente decía que era personal, permaneció sobre mi escritorio esperando mi regreso. La salud de mi abuela ha mejorado mucho. Por cierto, creo que te mandaría recuerdos si supiera que yo estoy aquí. He estado viajando mucho. Regresé a España esta misma mañana.

No podía revivir el momento en el que abrió la carta y leyó la breve nota sin palidecer. Ella le había dado todos los detalles relevantes, pero no había reflejado sentimiento alguno. No se podía deducir si ella estaba triste, feliz o indiferente con la noticia... o con él.

Esto último ya no era un misterio. Cuando lo miraba, resultaba evidente que no sentía ninguna de las tres cosas, sino un odio profundo, que ardía como una fogata en aquellos ojos grises.

Nell lo miró y se encogió de hombros. No sabía si él decía la verdad.

–Me alegra que tu abuela esté mejor.

–Yo también.

–Vi una fotografía tuya en Nueva York –dijo. Aquél había sido el día en el que se había dado cuenta de que lo amaba.

–Tuve allí varias reuniones de negocios.

Nell recordó la imagen de la actriz que lo acompañaba en aquella fotografía y replicó:

–Esa fiesta benéfica no tenía nada que ver con los negocios. Entonces, leíste mi carta cuando llegaste a casa.

No quería que sus comentarios pudieran ser interpretados como celos.

–Sí.

–Lo siento.

–¿Que lo sientes?

Luis la miró. Él era quien tendría que estar disculpándose. En su opinión, la ignorancia no era excusa. Pensar que ella se había estado enfrentando a todo sola le producía una gélida sensación en el pecho. Él debería haber estado a su lado. Casi lo había estado. Si no hubiera sido tan orgulloso, habría salido corriendo detrás de ella. Por primera vez en su vida, una mujer lo había dejado a él y Luis no se había permitido seguirla. En vez de eso, se había dejado cegar por el resentimiento y había tratado de actuar como si nada hubiera ocurrido.

Nell se encogió de hombros y apagó la televisión.

–Bueno, me imagino que no habrá sido un buen regalo de vuelta a casa.

La expresión velada del rostro de Luis no revelaba

nada, pero ella no pasó por alto que él no afirmó estar encantado.

—Era una posibilidad.

—Bastante remota. No obstante, te aseguro que no había necesidad para que te presentaras aquí. Tu reputación está a salvo —dijo ella. La fotografía de Nueva York se había considerado una exclusiva, dado que se consideraba el soltero de oro español siempre guardaba muy celosamente su intimidad.

Nell suponía que era natural para alguien de su posición querer evitar demasiada publicidad.

—No tengo más ganas que tú de darle publicidad a esto, así que tranquilo. No voy a contárselo a nadie —añadió Nell mientras se colocaba la mano sobre el aún liso vientre—. Aún no se me nota. Nadie sospecha nada. Kate incluso piensa que me he pasado con los regímenes.

Luis sintió que la ira se apoderaba de él.

—¿Es ésa la razón por la que crees que estoy aquí? ¿Crees que he venido para evitar que vendas nuestra historia?

La ira que él demostró la dejó perpleja.

—Bueno, ¿por qué si no ibas a venir tan rápidamente?

—Evidentemente, yo tengo mejor opinión de ti que tú de mí —replicó Luis.

Nell se dio cuenta de que no podía apartar los ojos de los labios, que reflejaban claramente la ira que Luis sentía. Sabía que él estaba enojado, aunque el porqué seguía siendo un misterio para ella.

—Ni siquiera se me pasó por la cabeza que tú pudieras rebajarte para ganar dinero con una historia de venganza —añadió.

–Estupendo, porque yo jamás lo haría. Entonces, ¿por qué has venido?

–¿Que por qué? –repitió él–. ¿Por qué? Estás esperando un hijo mío, estás sola. No sabía cómo te iban las cosas o si estabas bien, lo que evidentemente, no es así –añadió, tras mirarle el rostro–. Tal vez yo sea la clase de tonto irresponsable que tiene relaciones sexuales sin protección, pero nunca ignoro mis responsabilidades.

Aquellas palabras provocaron un ligero rubor en las mejillas de Nell. Entornó los ojos. No se podía creer que, de repente, él fuera la víctima.

–¡Qué suerte tengo! Soy una responsabilidad. Ya me siento mejor.

Luis la miró con exasperación.

–Sabes que no es eso lo que quería decir.

–Sé exactamente lo que querías decir y, para que conste, no soy tu responsabilidad.

«Quiero ser el amor de tu vida, estúpido».

Asombrada por lo cerca que había estado de poner voz a sus pensamientos, Nell bajó los ojos y se mordió el labio. Iba a tener que tener más cuidado en el futuro. Sería un buen comienzo pensar antes de abrir la boca.

–Y supongo que el niño tampoco es mi responsabilidad –comentó él furioso.

–No –afirmó Nell frunciendo los labios–. Por cierto, ¿cómo has sabido dónde estaba?

–Yo tenía la dirección de la casa de tu hermana.

–Cuando escribí la carta estaba allí. Pasé allí unos días hasta que me compré mi casa –afirmó, muy orgullosa.

Por suerte, él no había visto su casa.

El hecho de vivir con su hermana había sido un

verdadero incentivo para encontrarse su casa. Cualquier casa. El ambiente no había sido muy agradable. Clare se había mostrado furiosa de que Nell se hubiera marchado justo cuando, según ella, había que hacer todas las cosas. Se había mostrado más furiosa aún cuando Nell se había negado a decirle dónde había estado.

Agotada por la presión, se marchó en cuanto pudo.

–¿Fuiste a la casa de Clare? Hay una fiesta.

–Lo he notado –dijo. También se había dado cuenta de que Nell no estaba en aquella celebración familiar.

–¿Te dijeron ellos dónde podías encontrarme? –preguntó Nell con escepticismo. No le parecía probable que su familia le facilitara su paradero a un completo desconocido. Sin embargo, Luis era un desconocido que sabía muy bien cómo resultar persuasivo. Normalmente, la gente no le decía que no.

Ella, ciertamente, no lo había hecho.

Luis observó como ella palidecía de nuevo. Se preguntó si debía llamar a un médico. Antes de que pudiera tomar una decisión, ella se quedó blanca como el papel.

–Túmbate.

Nell ignoró aquella sugerencia. Se le había ocurrido una posibilidad horrible.

–Por favor, dime que no les contaste que yo estoy embarazada.

Sabía que tendría que darles la noticia en algún momento, pero quería que fuera cuando ella lo eligiera.

–No fue lo primero de lo que hablamos –dijo él. Nell lo miró fijamente–. No. No les dije que estás embarazada. Sin embargo, si esperas que te apoyen cuando se lo digas, estás muy equivocada. Por lo que he visto, son personas egoístas y completamente desconsideradas.

Luis sonrió al recordar el aspecto de sus caras cuando él les dijo lo que pensaba de una familia que descargaba todas sus responsabilidades en los hombros de una muchacha, cosa que, por lo que veía, seguían haciendo.

Nell no podía discutir la exactitud de aquel análisis tan brutal, pero no le pareció que él tuviera derecho a expresarlo y así se lo dijo.

—Estás hablando de mi familia. ¿Acaso siempre hablas mal de la gente a sus espaldas?

—No, no. Se lo dije a la cara —replicó. Se alegró de ver que Nell había recuperado un poco el color de las mejillas. Entonces, se inclinó hacia delante y, tras colocarle un dedo por debajo de la barbilla, la ayudó a cerrar la boca—. ¿Dónde está la cocina? ¿Te puedo traer un vaso de agua?

—Estás bromeando, ¿verdad?

—Te aseguro que soy perfectamente capaz de traerte un vaso de agua.

—¿Les dijiste a mi hermana y a mi hermano que...?

—Tú también tienes la culpa —observó él, interrumpiéndola.

—¿Qué quieres decir?

—¿Por qué estás aquí cuidando del niño mientras que ellos se están divirtiendo?

—Me ofrecí —mintió.

—¿Acaso tienes intención de seguir jugando a ser Cenicienta toda la vida?

—¡Eso no es cierto!

—Entonces, ¿qué estás haciendo esperando que aparezca el Hada Madrina? ¿O tal vez esperas al Príncipe Azul?

–Bueno, si ése fuera el caso, ciertamente me equivoqué contigo –le espetó ella. Aún no estaba segura de que fuera cierto que él le había dicho aquellas cosas a su familia–. ¿De verdad te metiste en la fiesta?

–Sí. Llamé a la puerta y tu sobrina me invitó a pasar.

–¿Has visto a Lucy?

Su sobrina había regresado de la universidad para pasar el fin de semana allí. Cualquiera hubiera dicho que ella era la candidata ideal para cuidar de su primito.

Nadie se lo había preguntado a Lucy porque ella habría dicho que no. Tal vez Luis tenía razón. Nell se sintió muy incómoda. ¿Se había convertido en el felpudo de la familia?

No era de extrañar que él la mirara con tanta irritación. Seguramente la estaba comparando con su hermosa y fuerte sobrina, a la que nadie se le ocurriría pasarle por encima.

–Sí.

–¿Y te gustó?

¡Qué pregunta más tonta! ¿Cómo no le iba a gustar? Lucy era alta, rubia, inteligente y hermosa. Con un profundo desprecio por sí misma, Nell se dio cuenta de que había empezado a estar celosa de su propia sobrina.

–No me he parado a pensarlo.

Al pensar en ella en aquellos momentos, le daba la impresión de que la muchacha era una versión más joven de su madre. El hermano también era similar. Los rasgos de los tres no habían dejado una impresión muy duradera en él. Podría volver a encontrárselos por la calle y no los reconocería.

–Tú no te pareces a tu familia.

No era la primera vez que la falta de parecido se había notado. Normalmente, Nell aceptaba filosóficamente que ella se había llevado la peor parte. No era la situación en aquel momento.

–Me gustaría decir que yo me llevé la inteligencia y ellos el físico, pero en realidad son bastante inteligentes.

–¿Quién te ha hecho creer que no eres atractiva? –le preguntó Luis muy asombrado.

Nell lo contempló aturdida.

–No sé de qué estás hablando.

–Lo sé. Por eso es tan increíble.

Antes de que Nell se diera cuenta de las intenciones que él tenía, Luis le agarró la barbilla con una mano. Cuando ella trató de zafarse, le colocó la mano sobre la mejilla.

Nell estuvo a punto de dejarse llevar por el pánico al notar que él la miraba atentamente. El contacto de los dedos de Luis sobre su piel la hizo temblar e intensificó la sensación que llevaba ya unos instantes sintiendo en la pelvis.

–Pues lo eres. Además, con esa estructura ósea, siempre lo serás.

–Yo no...

–¡Cállate!

Para asegurarse de que ella le obedecía, Luis inclinó la cabeza y la besó.

Nell abrió los labios y sintió la lengua de Luis contra la suya. Gimió suavemente cuando el deseo, apasionado e irrefrenable, le explotó en las venas. Le rodeó el cuello con los brazos y le devolvió el beso con toda la necesidad y toda la pasión que llevaba semanas acumulando.

Cuando rompieron el beso, Luis permaneció a su

lado, con la frente apoyada sobre la de ella. Las narices de ambos prácticamente se tocaban. Nell quería que aquel momento de intimidad durara para siempre.

–No deseo escuchar nada más sobre tu familia. Me aburren.

Capítulo 14

NELL no pudo evitar sonreír al escuchar que Luis consideraba que su familia era aburrida.

–Ahora sí que me siento hermosa –comentó. Se sentía salvaje, completamente irresistible. Ésa era la capacidad que tenían los besos de Luis.

Él soltó la carcajada y se irguió.

La sonrisa de Nell se evaporó cuando vio que él empezaba a quitarse la chaqueta.

–¿Qué te crees que estás haciendo? –le preguntó ella. No quería que pensara que aquel beso había sido una invitación para algo más. Ella no lo iba a permitir.

Luis colocó la chaqueta sobre una silla sin verse afectado por la agresiva hostilidad que ella presentaba.

–Tengo la ropa mojada.

–Ah.

Ella sabía que debería sentirse aliviada por haber malinterpretado sus intenciones, pero le sorprendió que aquel sentimiento no fuera el dominante.

Era una locura, pero una parte de ella había deseado dejar de pensar, dejar de ser sensata y dejarse llevar por la pasión del momento. Una parte de ella seguía queriendo que él se quitara la ropa.

–Tranquila –dijo él–. No me voy a quitar nada más. A menos que tú me lo pidas.

–Ni lo sueñes –replicó ella a su pesar.

–Yo prefiero la realidad a los sueños.

Luis se había acostumbrado a despertarse de sueños que lo atormentaban todas las noches y la excitación latiéndole en las venas, a asfixiarse con una frustración que permanecía con él todo el día y que lo dejaba nervioso y de mal genio.

–Hoy el tiempo es terrible.

–Buena elección. El tiempo es uno de los temas de conversación más seguros. Aunque, hablando del tiempo, no estoy seguro de que en tu piso tú estuvieras más seca dentro que fuera.

Luis se había quedado escandalizado por el estado del apartamento en el último piso de un bloque que había junto a una concurrida carretera. No creía que fuera posible encontrar algo menos adecuado para un niño.

–Mi casero me ha prometido arreglar el tejado antes... ¿Has visto mi piso?

–Bueno, evidentemente fui ahí primero.

–¿Y cómo supiste dónde vivía yo?

–Tomé el teléfono y le pedí a alguien que lo descubriera –explicó él–. Delegar es una cosa maravillosa. Te aseguro que no me hizo falta echar mano del FBI. Por supuesto, puedes no quedarte ahí.

–Diría que eso no es asunto tuyo. Si quisiera vivir en una tienda en el jardín, tampoco sería asunto tuyo.

Luis la miró atentamente. Durante un instante, Nell creyó que iba a empezar a discutir con ella. No fue así. Se encogió de hombros y dijo tranquilamente:

–Como quieras. La cuestión de dónde vives dejará muy pronto de ser importante.

–¿Por qué dices eso? –le preguntó ella.

Luis desapareció en dirección a la cocina sin res-

ponder. Un instante después, regresó con un vaso de
agua.

–¿Por qué dejará muy pronto de ser importante?
–preguntó ella de nuevo. Tomó el vaso que él le ofrecía con muchísimo cuidado para no permitir que sus
dedos se rozaran. Tanto esfuerzo hizo que Luis son-
riera, algo que él fingió no ver.

–Bueno, cuando estemos casados, ya no tendrás
que preocuparte de eso –comentó él mientras se aflo-
jaba la corbata y se sentaba sobre el brazo del sillón,
junto a ella.

–Creo que tanto vuelo en avión te ha afectado.

–Ya te dije antes que yo cumpliría con mis responsabilidades.

–Y tú crees que, para hacerlo, tienes que casarte
conmigo. ¿Se te ha pasado por la cabeza que yo pudiera decir que no?

La expresión del rostro de Luis dejaba muy a las
claras que no había sido así.

–¿Que yo podría tener otros planes que no te im-
plicaran a ti?

Aquella sugerencia hizo que Luis frunciera el ceño.

–¿Me estás diciendo que hay otro hombre en tu
vida?

Nell hizo un gesto de desaprobación con la mirada.
¡Qué propio de un hombre!

–¿Por qué siempre tiene que haber un hombre?
¿Se te ha pasado por la cabeza que una mujer puede
llevar una vida perfectamente plena sin tener pareja?
Además, tal vez me gustaría recuperar el tiempo perdido y soltarme la melena.

–¡No!

–¿Cómo has dicho?

–Una larga fila de novios no es el modelo masculino que yo tenía en mente para mi hijo.

Y eso se lo decía el mismo hombre que había posado abrazado a una mujer casi desnuda para una revista. Se apostaba algo a que, aquella noche, los dos habían compartido habitación.

–Así que, de repente, es tu hijo. Bueno, pues para que conste, tú no eres el modelo masculino que yo tenía en mente para mi hijo. En cuanto a mi vida sexual, te aseguro que la llevaré a cabo con más decoro y discreción que tú.

Con la respiración acelerada, Nell se reclinó sobre el sofá y trató de sobreponerse al fuerte deseo de echarse a llorar.

–¿Qué he hecho?

–Vi la...

De repente, Luis lo comprendió todo.

–Viste el artículo y la fotografía con Sarah y ahora estás celosa. No tienes por qué. Sólo es una fotografía y Sarah tiene una película que promocionar.

–¡Acaso crees que me interesa tu vida sexual! –exclamó ella–. Puedes acostarte con todas las protagonistas de todos los culebrones del mundo y te aseguro que no me importará. Dios santo, sólo me importa que pienses que, porque contigo no mostré contención alguna, me vuelvo loca por todos los hombres que se dignan a darse cuenta de que soy una mujer. Te aseguro que hace falta mucho más que eso.

–¿Y si yo dijera que te deseo?

Nell cerró los ojos. Seguía deseándolo tanto que casi le suponía un dolor físico. Sabía que, si Luis la tocaba, si volvía a besarla, sus barreras se desmoronarían.

Ese pensamiento le resultó aterrador. Tragó saliva

y miró las manos de Luis, con sus largos dedos. Contuvo un suspiro al recordar cómo aquellos dedos le habían acariciado la piel. Durante un largo instante, se vio paralizada por una oleada de anhelo.

Varios instantes más tarde, consiguió tranquilizarse lo suficiente como para volver a hablar.

—Yo te diría que no te molestes. Ya he pasado por eso y he salido con un bombo.

—Comprendo que estés enfadada conmigo.

—No estoy enfadada contigo, sino conmigo misma.

—¿Por qué? —preguntó él mirándola con curiosidad.

Nell lo miró y negó con la cabeza. Lo que debería haber dicho era que estaba enfadada porque lo amaba. Porque se estaba pensando muy seriamente aceptar la oferta que él le había hecho.

—Creo que cuando te pares a pensar fríamente en esto...

—¡Fríamente! —exclamó ella—. El día en el que yo piense en el matrimonio fríamente será el día en el que me convierta en otra persona. ¿Te estás escuchando, Luis? El matrimonio no puede ser algo frío. Tiene que implicar sentimientos. Tiene que ver con el amor y el compromiso. Tal vez yo esté embarazada, pero eso no significa que tenga que conformarme con lo que se me ofrezca. El día que eso ocurra será cuando yo... —se interrumpió y se encogió de hombros—. Simplemente no va a ocurrir. Creo que mi hijo se merece algo mejor. ¿Me puedes ofrecer algo mejor, Luis?

—Te puedo ofrecer un hogar en el que nuestro hijo crezca con unos padres que están comprometidos el uno con el otro.

Nell apartó la mirada. Suponía que debería estar agradecida que él no estuviera fingiendo tener sentimientos hacia ella que, evidentemente, no tenía, pero no podía hacerlo.

–Si accediera a eso, tendría que estar comprometida. Es una locura, Luis. Mira, sé que estás tratando de portarte con nobleza y todo eso...

–Y tú crees que deberías ser castigada o algo así.

–No lo puedo evitar. Haz lo que tengas que hacer para tranquilizar tu conciencia, pero tengo que decirte que la idea de que el matrimonio conmigo sea una penitencia no me resulta en absoluto halagüeña.

–¿Por qué tienes que malinterpretar todo lo que te digo y hago?

–¿Qué quieres que te diga? Es un don.

–Te podría hacer ver lo poco práctico que resulta criar a un niño en solitario.

Nell lo miró a los ojos.

–Podrías hacerlo, sí.

–O podría tratar de conseguir la custodia.

Vio como Nell palidecía y lamentó sus palabras.

–Aunque no creo que eso sea necesario –añadió.

Luis la miró atentamente. Ella le devolvió la mirada y, entonces, se puso de pie. Con las manos en las caderas, tenía un aspecto tan orgulloso como el de una reina a pesar de sus pantalones de chándal, su camiseta y una ridícula chaqueta que la engullía por completo.

A pesar de que se sentía enojado, experimentó una cierta admiración también. Nell Frost era la mujer más obstinada que había conocido nunca, pero tenía agallas y una dureza interior que contrastaba con el aire de fragilidad que le otorgaba su físico. Además, había perdido peso. Había resultado tan ligera entre sus brazos... Trató de comprender la mezcla de deseo y de ternura que acompañó aquel recuerdo.

No la amaba. Un hombre sólo podía tener un amor verdadero en toda su vida, pero la ternura, el instinto de protección y el deseo... ¿Cómo podía analizar aquellos sentimientos si, cada vez que lo intentaba, su pensamiento se veía interrumpido por el sonido estático de las interferencias emocionales?

Nell lo miraba con desprecio.

—Si intentas arrebatarme a mi hijo, tendrás que pelear con tus propias manos —le advirtió—. ¡No me importa que tengas todo el dinero del mundo!

La determinación que había en su voz hizo que Luis quisiera aplaudirla. Aquella mujer era irracional y poco razonable, pero era una luchadora.

—Soy un amante, no un guerrero.

—Sí. Estoy segura de que Sarah estaría de acuerdo.

—Estás celosa.

Aquella acusación provocó que se le ruborizaran las mejillas por la ira. Lo peor de todo era que Luis tenía razón.

—¡De Sarah no! —exclamó ella. Vio que Luis la miraba perplejo, como si le estuviera pidiendo a qué se refería exactamente—. No podrías ser más arrogante ni aunque lo intentaras. No voy a llorar, si eso es lo que quieres.

Luis se tensó. Entonces, respiró profundamente.

—De verdad crees que soy un hombre sádico y malvado.

De repente, Nell se dio cuenta de que el mejor modo para conseguir que se marchara era ofenderle, golpearle directamente en su orgullo masculino.

—El hecho es que lo que ocurrió entre nosotros fue un error y me gustaría poder ducharme y lavarte de mi piel para poder olvidarme para siempre de ti... —le espetó—. Ojalá pudiera, pero, por el bebé, no me es posible. Evidentemente, podrás ver a tu hijo, pero no voy a empeorar mi estúpido error casándome contigo.

–Crees que el hecho de que nos acostáramos juntos fue un error.

–Si no fue un error, ¿qué fue, Luis? En mi opinión, sólo hay una razón para casarse y es el amor.

Con eso, se dirigió a la puerta y la abrió de par en par. En silencio, rogaba para que él no se marchara, para que le dijera que la amaba.

–Creo que deberías marcharte.

Luis recogió su chaqueta y su gabardina y se las colgó por encima del hombro. Cuando llegó a la puerta, la miró.

–Te estás comportando de un modo totalmente irracional.

–No es negociable –replicó ella encogiéndose de hombros–. En lo que a mí respecta, la única razón para contraer matrimonio es el amor, no el deber ni la seguridad económica.

–Volveremos a hablar cuando seas más realista.

–No quiero tu clase de realismo, Luis. Te casaste por amor en una ocasión, ¿por qué no podría yo tener lo mismo?

–No voy a hablar de Rosa contigo –replicó él.

–¿Y qué te hace pensar que yo quiero hacerlo? Era el matrimonio perfecto. ¿Quién podría competir? Pule tus recuerdos y llévatelos a la cama. Espero que te mantengan caliente, porque yo no voy a hacerlo. ¿Qué te hace pensar que una mujer quiere del hombre con el que está en la cama, al que acaba de dar...? –le espetó. La voz se le quebró en aquel momento y apartó de un manotazo la mano que él extendía–. No quiero casarme con un hombre que me abraza en medio de la noche para llamarme con el nombre de su esposa muerta.

–¿Yo hice eso? –preguntó él, atónito.

–Sí.

–¿Por eso te marchaste sin decir nada?

–No me gusta mucho la idea de que un hombre me haga el amor mientras está pensando en otra mujer. Además, creo que terminarías arrepintiéndote de este niño –dijo ella al tiempo que se colocaba una mano en el vientre–, porque él nunca será el hijo de Rosa, igual que yo nunca seré Rosa.

–Eso nunca ocurrirá, Nell. No ha ocurrido. Cuando estoy contigo, no pienso en nadie más que en ti. Cuando no estoy contigo... el mundo me parece un lugar vacío. Me has llegado muy dentro, tanto que sólo la cirugía podría apartarte de mí. Y a ese bebé lo amaré por sí mismo.

Nell giró la cabeza. Se negó a reconocer la nota de urgente sinceridad que escuchó en su voz. No podía hacerlo.

–Tienes asuntos pendientes, Luis. Enfréntate a ellos y tal vez entonces podríamos tener algo de lo que hablar.

Con eso, Luis se marchó. Se alejó de la casa escuchando los sollozo de Nell en el interior. Le cortaron como si fueran un cuchillo.

Capítulo 15

AÑOS atrás, la biblioteca de aquella pequeña ciudad había sido una capilla y la acústica seguía siendo excelente. Nell estaba sentada en una pequeña sala, con un libro sobre las rodillas. Lo estaba leyendo para un grupo de niños. Oyó unos pasos que se acercaban hacia el lugar donde ellos estaban, pero no se volvió. Cuando terminó de leer el libro, lo cerró y les explicó a sus pequeños oyentes que les leería otro libro el viernes siguiente, pero que, en aquellos momentos, tenía mucho que hacer. Se lo dijo con verdadera pena, dado que aquel momento era uno de los favoritos de Nell en su trabajo.

Se levantó y se dio la vuelta para ver quién se había acercado al grupo sin interrumpir el cuentacuentos. Casi se le cortó la respiración cuando vio de quién se trataba. Durante varios segundos, ni siquiera pudo pensar. Su cerebro se paralizó, como si se negara a aceptar la información que estaba recibiendo.

Él no podía estar allí. Ni en aquel momento ni nunca. Se sentía a salvo en su trabajo. El único lugar en el que aquello podía ocurrir, y así lo hacía, era en su imaginación. Se preguntó si estaría alucinando.

Tras mirar a su alrededor, se dio cuenta de que, si ella se estaba imaginado la presencia de Luis, también lo estaban haciendo el resto de las mujeres que había en la sala. Todas lo miraban fijamente.

Se sentía incapaz de moverse, como si tuviera los pies encadenados al suelo, por una combinación de anhelo y lujuria.

Los sentimientos se apoderaron de ella. Se había jurado que la próxima vez que aquello ocurriera, se haría con el control. ¿Control? ¡Qué gracia!

Lo devoraba con la mirada. Lo había echado tanto de menos... No se lo había permitido reconocer hasta aquel momento. Parpadeó para aclarar su visión. No era de extrañar que todos los ojos estuvieran puestos sobre él. Era tan guapo... Iba vestido con un traje oscuro de diseño que enfatizaba su esbelto y atlético cuerpo de dios griego. En aquel momento, la desilusión se apoderó de ella. Jamás había sido más evidente que los dos vivían en mundos muy diferentes.

Sin embargo, cuando él se acercó, vio otras cosas, como la tensión que le atenazaba el rostro y el brillo de determinación que le daba un aire de deliciosa amenaza. Era un hombre dispuesto a todo.

La pregunta era qué había ido a buscar allí.

Decidió que no podía dejar que las fantasías se apoderaran de ella. Si era un hombre enamorado, lo estaba ocultando muy bien, a menos que el amor le diera un aspecto enojado.

Luis se metió la mano en el bolsillo y sacó el contenido del paquete que había llegado a su escritorio aquella mañana. Tensó la mandíbula cuando lo apretó entre los dedos. Si ella creía que podía extirparle tan fácilmente de su vida, él estaba allí para que se diera cuenta de que eso no iba a ocurrir.

Nell casi no se dio cuenta de que el libro se le había caído al suelo ni se dio cuenta de que las madres habían comenzado a recoger a sus hijos, aunque la mayoría se quedaban al ver que Luis se acercaba.

Cuando Luis se detuvo frente a ella, con una mano en el bolsillo de la chaqueta, Nell se sintió físicamente enferma.

—Luis, lo siento. No te había visto —dijo, tratando de disimular.

—Algunas cosas no cambian. Sigues mintiendo muy mal, querida —añadió con voz ronca.

—No deberías estar aquí —replicó ella—. Teníamos un acuerdo.

—Para que conste, yo creo que no acordé nada.

—¿Qué estás haciendo aquí? —insistió ella.

—He venido a verte. Estás...

Luis se interrumpió. Le resultaba imposible continuar porque el impulso de tomarla entre sus brazos le resultaba abrumador.

—Bueno, no creo que pueda estar mucho peor que tú —replicó ella. Sentía la tensión que emanaba del cuerpo rígido de Luis—. ¿Cuándo fue la última vez que comiste decentemente?

—No tengo tiempo para comer.

—Lo mencionas como si se tratara de algo opcional.

—Mira, no he venido aquí para hablar de necesidades nutricionales.

—No deberías estar aquí. Estoy trabajando —susurró mientras los ojos se le llenaban de lágrimas—. Por favor, Luis. No puedo. Tú... No, Jack —añadió. Se refería a un niño muy pequeño, con la carita muy sucia y manos muy pegajosas que estaba tirando con urgencia de la impecable pernera del pantalón de Luis.

En silencio, ella bendijo al niño por la interrupción. Un segundo más, y ella podría haber dicho algo que la hubiera avergonzado.

—Lo siento, tu traje...

–Tranquila –dijo Luis. Se agachó y miró al niño–. No pasa nada.

Ver como sonreía al niño hizo que el corazón de Nell se detuviera en su pecho. Se llevó las manos al vientre. Sería un gran padre. ¿Se estaba comportando como una egoísta negándose a casarse con él? ¿Tenía el derecho de privarle a su hijo de un padre a tiempo completo?

Sacudió la cabeza. Todo aquello le había parecido perfectamente racional hacía un semana, pero el tiempo había ido quebrando su convicción. No dejaba de preguntarse si estaba haciendo lo correcto. Además, le resultaba imposible tomar decisiones objetivas cuando ansiaba tanto estar con él.

–¿Qué puedo hacer por ti, Jack? –le preguntó él al niño

El niño lo miró con ojo crítico.

–Eres grande, pero no tanto como mi papá.

–Espero que, algún día, tú serás grande como tu papá.

–¿Tienes perro?

–Sí.

–Pues yo quiero un perro. Necesito un perro –añadió, después de pensárselo un poco–. Mi madre dice que los perros son...

Nell lo agarró por los hombros y con mucha suavidad le dio la vuelta.

–Despídete, Jack. Ya ha llegado tu madre.

Jack vio a su madre y salió corriendo.

–¡Qué rico!

Nell asintió.

–Está en una edad maravillosa –comentó–. Sin embargo, es un niño muy testarudo.

Luis se volvió a poner de pie.

–A mí me pasa lo mismo.

Entonces, sacó la mano que tenía en el bolsillo y le mostró un pequeño estuche de terciopelo. Antes de que lo abriera, Nell ya sabía lo que contenía. Miró el anillo y lo miró a él. Entonces, se dio cuenta de que él reflejaba una ira apenas contenida en el rostro y apartó la mirada.

–Veo que lo has recibido.

–Sí.

–¿Hay algún problema?

El anillo había parecido estar bien cuando consiguió quitárselo. Había sido su dedo el que se había quedado hinchado y magullado. Por supuesto, había curado ya, pero las heridas que le había dejado por dentro podrían no curarse nunca. Eso le daba mucho miedo

Sabía que él no la amaba y que nunca lo haría, por lo que no le quedaba más remedio que aguantarse y seguir con su vida. Respiró profundamente y levantó la barbilla.

–¡Sí, claro que hay un problema! –gritó él.

–Bueno, pensé que podrías haber pasado por aquí y haber pensado que por qué no te pasabas a verme para avergonzarme delante de mis compañeros de trabajo. Si ésa era tu intención, Luis, ¡enhorabuena! Lo has conseguido.

–No estoy tratando de avergonzarte, Nell. ¿Por qué crees que estoy aquí?

–No tengo ni la más remota idea –replicó ella–, pero, mientras estés en este lugar, ¿te importaría bajar la voz? ¡Estamos en una biblioteca, no en un estadio de fútbol!

–¿Por qué devolviste el anillo? –quiso saber él ignorando por completo la petición que ella acababa de hacerle.

—¿Y has venido hasta aquí para preguntarme eso? ¿Qué tiene de malo el teléfono?

—No habrías contestado.

Nell apartó la mirada.

—Bueno, dadas las circunstancias, no puedo quedármelo.

—Es decir, te puedes quedar con mi hijo, pero no te puedes quedar mi anillo.

—¿Quieres bajar la voz? —le pidió ella mirando por encima del hombro a las personas que estaban fingiendo no escuchar todo lo que estaban diciendo—. Me gusta este trabajo y no quiero perderlo. Además —añadió, tras acercarse un poco más a él—, no sólo se trata de tu hijo.

—No soy yo quien se ha olvidado de que el niño tiene un padre y una madre.

—No me he olvidado de nada, Luis. Ojalá pudiera —susurró mientras bajaba la barbilla hacia el pecho.

¿Cómo iba a poder llevar una vida normal si, a cada momento del día, se veía turbada por recuerdos del breve espacio de tiempo que habían pasado juntos?

Luis le colocó un dedo bajo la barbilla y la obligó a mirarlo.

—¿Estás llorando? —le preguntó. Ella negó con la cabeza, pero Luis miró a su alrededor—. ¿Hay algún lugar privado al que podamos ir?

Nell asintió y señaló una puerta que había a su izquierda.

Luis asintió y le rodeó los hombros con un brazo.

—Vamos.

La puerta conducía a la sala de empleados, que, por suerte, estaba vacía.

—¿Pides algo alguna vez o siempre das órdenes?

Luis no contestó. Se limitó a mirar a su alrededor

con una expresión de desagrado. No tardó en dar su veredicto sobre aquel lugar.

–Esto es un armario.

–Un armario para ti, pero es una sala de empleados para mí. ¡Vaya! ¿Qué he hecho yo con mis modales? Siéntate –dijo, realizando un gran ademán para señalar las dos sillas que había en la sala–. ¿O una taza de té? –añadió con un hilo de voz mientras señalaba la tetera y dos tazas que había junto a un pequeño fregadero.

–Sigues llorando –le acusó él.

–¿Y qué? –le espetó ella con beligerancia–. ¿Por qué no iba a estar llorando? No me puedo olvidar de ni un segundo de los que pasamos juntos. Ni un segundo. Estás grabado en mi cabeza para siempre. Estás grabado en mi... –dijo mientras se llevaba la mano al pecho–. ¡Oh, Dios!

Las lágrimas comenzaron a caerle abundantemente por las mejillas. Trató de darse la vuelta, pero él se lo impidió agarrándole por los hombros.

–¡Suéltame, Luis! –le suplicó ella. Trató de golpearle en el pecho, pero, de algún modo, terminó apoyando allí la cabeza y suspirando cuando él comenzó a acariciarle el cabello–. No puedo hacer...

–¡Nunca!

Nell levantó la mirada con una mezcla de cautela y esperanza.

–¿Nunca?

–No puedo dejarte ir, querida mía.

–¿Por el bebé?

–Deja al bebé fuera de esto.

Nell se rió con amargura.

–A ti te resulta fácil decir eso. No estás vomitando todas las mañanas.

–¿No lo estás llevando bien?

–Estoy bien –afirmó ella–. No estoy tratando de hacer que te sientas culpable. Simplemente, no es algo que yo pueda olvidar fácilmente. ¿Cómo no va a ser parte de la conversación cuando si no fuera por este bebé tu ni siquiera estarías aquí?

–Jamás me lo preguntaste.

–¿Jamás te pregunté qué?

–En qué me obstino tanto. Me obstino sólo en una cosa. Pienso sólo en una cosa. En una hermosa bruja cuyos ojos son capaces de verme el alma.

–¿Yo?

–Tú, querida mía.

–¿Piensas en mí?

Luis inclinó la cabeza y le rozó los delicados párpados con los labios. Después, le enmarcó el rostro entre las manos antes de contestar.

–Me duermo pensando en ti. Me despierto pensando en ti y, entre medias, sólo pienso en ti, Nell. Tenemos que solucionar esta situación. No estoy funcionando bien.

–¿Y cómo crees que deberíamos solucionarla?

–Cásate conmigo.

Nell giró la cabeza para ocultar las lágrimas que volvieron a inundarle los ojos.

–Ya hemos hablado de eso antes, Luis.

–Lo sé y sé por qué dijiste que no. No fue porque no me ames, porque creo... No, más bien sé que me amas, Nell. No tienes que decir nada... –susurró–. Cásate conmigo, Nell. Te amo. ¿No es eso lo que querías que te dijera?

Nell sacudió la cabeza. Le resultaba imposible creer lo que él acababa de decirle.

–¿Estás diciendo esto ahora porque sabes que es lo

que quiero escuchar? ¡No podría soportar que me mintieras!

Luis se acercó un poco más a ella y le colocó las manos sobre las caderas. Entonces, pudo aspirar su aroma. La había echado tanto de menos...

—No. Te lo digo ahora porque ya no puedo seguir ocultándolo. Quiero que el mundo entero lo sepa.

Nell soltó un ligero sollozo y sintió que los ojos se le llenaban de lágrimas. Luis le enmarcó el rostro con una mano y le acarició la mejilla con el pulgar.

—No llores —le suplicó—. No puedo soportarlo. Te he echado tanto de menos... He sido un estúpido. Un cobarde. Me dije que un hombre sólo ama una vez en la vida porque me parecía que un hombre sólo podría sobrevivir a la pérdida de la clase de amor que tuve con Rosa en una ocasión. Después de que ella muriera, me retiré y construí una fortaleza a mi alrededor. Me he dado cuenta de que no sobreviví realmente. Una parte de mí ha estado muerta, Nell —susurró mirándola con ojos llenos de amor. Entonces, le agarró una mano y se la llevó al corazón—. Hasta que tú llegaste a mi lado y la despertaste. Eres una mujer increíble, hermosa... No es de extrañar que me enamorara de ti a primera vista.

—No tienes que decir eso —murmuró ella—. Creo que me amas, pero sé que jamás me amarás a mí del modo en que amaste a Rosa.

—En cierto modo, lo que dices es cierto —admitió él—. Lo que sentí por Rosa fue un sentimiento lento, profundo y suave. Lo que siento por ti, por otro lado... Lo que siento por ti fue apasionado, intenso y extremo desde el primer momento. Me dije que sólo era lujuria, una violenta reacción química que me hacía sentir culpable.

–¿Culpable?

–Sí. Rosa me conocía como la palma de su mano y yo a ella, pero tuviste que ser tú, una desconocida, la que me desafiara a todos los niveles y, al mismo tiempo, me hiciera sentir cosas que jamás había sentido antes... Tu rostro, tu encantador rostro...

Luis la miró y entonces, como si fuera incapaz de resistir la tentación, la besó apasionadamente. Cuando él levantó la cabeza, Nell decidió que ya no quería reprimir las palabras que tanto ansiaba pronunciar.

–Te amo, Luis.

Él sonrió y suspiró profundamente. Su rostro perdió la tensión que había estado experimentando hasta entonces.

–No tienes ni idea de lo mucho que necesitaba escucharte decir esas palabras.

–Pensaba que sabía que te amaba...

–No podía dejarme pensar otra cosa o me habría vuelto loco –comentó él encogiéndose de hombros–. Ya ves el poder que tienes sobre mí.

–Te prometo que lo utilizaré bien –susurró ella. Le colocó la manos sobre la mejilla, gesto que él aprovechó para besarle la palma de la mano.

–Si lo haces, seguramente me lo mereceré. Cuando pienso en todo el dolor que se podría haber evitado si no hubiera sido un necio tan ciego y testarudo... Te amo, pero me opuse a mis sentimientos con cada célula de mi cuerpo. ¿Me podrás perdonar? ¿Puedes comprender por qué me parecía la máxima traición a su recuerdo? Desde que Rosa murió, yo no me había implicado emocionalmente en otra relación. No quería hacerlo. Entonces, apareciste tú. Si hubiera admitido que te amaba... Lo negaba todo. Cuando tú me acusaste de idealizar mi matrimonio, me sentí tan furioso que..

—Lo siento, Luis. No te debería haber dicho lo que te dije. Era...

—Era la verdad.

—Pero tú amabas a Rosa. Teníais un matrimonio perfecto.

—Yo no diría tanto. Teníamos problemas.

—¿De verdad?

—Mis recuerdos han sido demasiado selectivos. Yo elegí no recordar algunas cosas. ¿Quién sabe? Si ella no hubiera muerto, nuestro matrimonio podría haber sido bueno, pero habría sido igualmente posible que nos hubiéramos distanciado. Había ya ciertos detalles...

Nell escuchó atentamente. Se sentía profundamente aliviada por lo que estaba escuchando.

—Rosa era un espíritu libre y mi éxito en los negocios era algo que ella consideraba aburrido y convencional. Yo, por mi parte, no sentía interés alguno por sus cristales, sus terapias alternativas y sus amigos. Los dos éramos muy jóvenes y no demasiado tolerantes. Ella estaba preparada para tener una familia y yo no. Creo que no estaba siendo justo con Rosa al recordarla como si fuera una santa. Era más que eso. Sin embargo, Rosa es el pasado. Un recuerdo. Y tú, querida mía, eres el futuro. Mi futuro.

El amor brilló en los luminosos ojos de Nell.

—Nuestro futuro –le corrigió ella–. Juntos. Me gusta cómo suena.

—A mí también –comentó él riendo–. Me siento como si llevara solo mucho tiempo, demasiado. Ahora por fin tengo una familia –añadió. Le colocó la mano a Nell sobre el vientre–. Esta noche, tendré miedo de cerrar los ojos por si me despierto y descubro que todo esto tan sólo ha sido un maravilloso sueño.

Nell se puso de puntillas y le tomó el rostro entre las manos.

—Eso no será un problema. Esta noche yo no había pensado que durmiéramos mucho.

—Podríamos empezar ahora —susurró él.

—Por si se te ha olvidado, estoy en el trabajo.

—Cuando te miro, Nell, me olvido de todo a excepción del amor que siento por ti.

Nell le agarró una mano.

—Creo que, dadas las circunstancias, podrían dejar que hoy me marchara un poco antes, Luis. ¿Has visto esa película de Richard Gere...?

Antes de que ella pudiera terminar la frase, Luis la tomó en brazos y abrió la puerta de la sala de una patada. La miraba con tanto amor contenido en sus maravillosos ojos que ella sintió que se le cortaba la respiración.

—Nuestro futuro, querida, empieza ahora.

Nell suspiró llena de felicidad. De repente, su futuro había empezado a parecerle muy interesante...

Bianca.

Compromiso fingido, pasión auténtica

Cuando la experta en Relaciones Públicas Lily Ford firmó un contrato con el magnate Gage Forrester, sin darse cuenta también le estaba entregando su vida. Gage quería tenerla a su disposición las veinticuatro horas del día y, cuando necesitó buena publicidad para su empresa, encontró una solución tan inesperada como original: anunciar públicamente su compromiso con Lily. Todo por el negocio, naturalmente.

Sería un compromiso falso, pero Gage era muy tradicional cuando se trataba de cortejar apasionadamente a una mujer...

Novios de papel

Maisey Yates

Acepte 2 de nuestras mejores novelas de amor GRATIS

¡Y reciba un regalo sorpresa!

Oferta especial de tiempo limitado

Rellene el cupón y envíelo a
Harlequin Reader Service®
3010 Walden Ave.
P.O. Box 1867
Buffalo, N.Y. 14240-1867

¡Si! Por favor, envíenme 2 novelas de amor de Harlequin (1 Bianca® y 1 Deseo®) gratis, más el regalo sorpresa. Luego remítanme 4 novelas nuevas todos los meses, las cuales recibiré mucho antes de que aparezcan en librerías, y factúrenme al bajo precio de $3,24 cada una, más $0,25 por envío e impuesto de ventas, si corresponde*. Este es el precio total, y es un ahorro de casi el 20% sobre el precio de portada. !Una oferta excelente! Entiendo que el hecho de aceptar estos libros y el regalo no me obliga en forma alguna a la compra de libros adicionales. Y también que puedo devolver cualquier envío y cancelar en cualquier momento. Aún si decido no comprar ningún otro libro de Harlequin, los 2 libros gratis y el regalo sorpresa son míos para siempre.

416 LBN DU7N

Nombre y apellido	(Por favor, letra de molde)
Dirección	Apartamento No.
Ciudad	Estado	Zona postal

Esta oferta se limita a un pedido por hogar y no está disponible para los subscriptores actuales de Deseo® y Bianca®.
*Los términos y precios quedan sujetos a cambios sin aviso previo.
Impuestos de ventas aplican en N.Y.

SPN-03

Un toque ardiente
DAY LECLAIRE

La inesperada pasión que compartieron Constantine Romano y Gianna Dante seguía siendo abrumadora, aunque Constantine se marchó de San Francisco casi dos años antes. Pero había vuelto y Gianna estaba dispuesta a demostrarle que con una Dante no se jugaba.

El empresario italiano no había esperado que la encantadora Gianna pudiera meterse en su corazón, pero tampoco pensaba dejar que fuera de ningún otro hombre. Sabía que iba a ser suya y estaba decidido a persuadirla de la forma más apasionada posible.

¿Quién puede luchar contra el destino?

¡YA EN TU PUNTO DE VENTA!

Bianca.

¡La actitud exageradamente fría de su secretaria fue todo un reto para él!

Cuando Sabrina Gold se ofreció como secretaria del encantador y famoso escritor Alexander McDonald, no esperaba sentirse tan atraída hacia su nuevo jefe. A pesar de ello, decidida a no perder su profesionalidad, se concentró en no dejar que nada la distrajera de sus tareas...

Él se había jurado no mezclar nunca los negocios y el placer, ¡pero las largas jornadas de trabajo con Sabrina, hasta altas horas de la noche, le impulsaron a romper sus propias reglas!

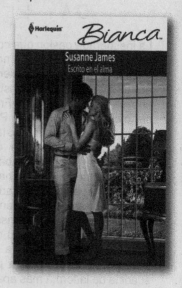

Escrito en el alma

Susanne James